KB106820

스님의 남자친구

불교신문사

스님의 남자친구

일광스님 산문집

서문

사람들 향한 눈빛과 손길
슴슴하게 조물조물 무쳐
마음이라는 접시에 담았습니다

여든이 되어가는 노신사에게 "만약 다시 인생을 살아보라고 한다면 어느 시절로 돌아가고 싶냐?"고 질문하였습니다. 그는 철들고 무르익어 사물을 제대로 볼 줄 아는 나이, 버킷리스트에 담아둔 계획을 하나씩 실행하며 도전하고 성찰할 수 있는 나이, 한 평생 살아보니 이십도 삼십도 아닌 육십으로 돌아가 '그 누구도 아닌' 온전히 자신을 위해 살아보고 싶다고 했습니다.

아직 육십이 되어 보지는 않았지만 나이가 들어가는 것은 가을산 물들이는 단풍처럼 잔잔한 대로 담백한 대로 매력 있는 것 같다는 생각이 듭니다.

"스님은 언제로 돌아가고 싶으신가요?" 가끔씩 이런 질문을 받습니다.

저에게 딱 좋은 때는 바로 지금 현재입니다. 온전히 나로서 살아가고 있으니까 말입니다.

종일 도량을 동동거리며 일을 해도 표도 없고 끝도 보이지 않아 힘들어 죽겠다며 툴툴거리던 상좌에게 "얘야, 힘들어도 그때가 좋은 시절이니라." 하시며 넌지시 건네던 은사스님의 옛 말씀이 오늘 문득 생각납니다.

어느 날 근처를 지나가던 도반이 들렀습니다. 끼니를 장만할 새도 없어 시장해 보이는 도반을 위해 있는 식재료 그대로 공양을 차렸지요. 뚝배기에 된장을 바글바글 끓이고, 새 김치 한 폭 썰어내고, 콩나물 무치고, 짭조름한 가죽장아찌를 밑반찬으로 해서 강된장과 상추잎을 채반에 올린 단출한 상이었습니다.

"진즉 기별이라도 하고 왔으면 더 풍성하고 맛있는 음식을 준비했을 텐데…." 못내 미안한 마음인데 "이대로 딱 좋아요. 수행자의 밥상으로 최상이예요." 하며 맛깔나게 먹는 도반이 참 고마웠습니다.

지난 2015년부터 2017년까지 2년간 '사랑하기 좋은 날'이라는 제목으로 〈불교신문〉에 연재한 칼럼을 모아 한 권의

책으로 엮었습니다.

이 책도 수행자의 밥상처럼 차렸습니다. 일상의 소소한 이야기를 그저 있는 그대로 슴슴하게 조물조물 무쳐 내었습니다. 사람들을 만나고 사물을 대하면서 건네는 저의 눈빛과 손길을 마음이라는 접시에 담았습니다. 수행자의 소박한 밥상처럼 여기고 보아주시면 좋겠습니다.

어쩌면 스님의 역할은 사람들에게 스승이기도 하고 친구이기도 하고 엄마이기도 하고 연인이기도 한 것 같습니다. 스님 또한 때로는 어머니가 사무치게 그립고 외로움이 가슴 저미고 마음 통하는 도반과 밤을 지새워가며 이야기 나누고 싶을 때가 있습니다.

이 책이 요란스럽지 않고 마음이 차분해지는 친구를 만난 듯 정겹고 위로가 되는 글이었으면 좋겠습니다. 쉬는 날 따뜻한 차를 마시면서 거기 눈길이 머물러 펼쳐보게 되는 글이었으면 좋겠습니다. 힘들이지 않아도 그냥 읽혀지는 한가로움과 평온함이 흐르는 글이기를 바랍니다.

2018년 초여름에

일광 합장

차례 ...

\# 하나

절 이야기

둘

복지관 이야기

셋

스님 이야기

하나
절 이야기

절에서의 소소한 일상 이야기,

그리고

절에 오는 불자들의 오롯한 신심 이야기

봄날은 온다

정초가 가까워지는 기도일은 신도님들로 분주하다. 새해를 여는 정성스런 첫 기도와 마음가짐은 한해를 좌우하기 때문이다. 아무리 추운 날씨여도 새벽같이 목욕을 하고 부처님 전을 향해 채비를 하고 오신다. 부지런한 노보살님들은 일찌감치 오셔서 기도접수를 해놓고 큰방에서 줄곧 사시(巳時)까지 기다리신다. 큰방은 곧 노보살님들의 지대방이다. 다리 아픈 사연, 침 잘 놓는 한의원 정보, 손주 대학 간 이야기 등 그

우리
며느리야
곱지?

안에 희로애락 인생사가 다 들어 있다. 이윽고 과수원 하는 노보살님이 며느리를 앞세우고 당도했다. 노보살은 지난 가을 사다리에 올라 사과를 따다 미끄러져 허리를 다쳤다. 석 달 열흘을 누워 지내다가 회복해 정초에 오신 것이다. 모두가 안부를 묻는다. 노보살은 나를 보자 반가운 인사를 하고는 급히 손을 잡아끄신다. 무슨 용무가 있으신 듯 싶었다.

"스님, 우리 며눌아이 입을 법복 한 벌 사다 주세요. 따시고 좋은 걸로요."

주머니에서 꼬깃한 쌈짓돈을 꺼내 맡기면서 말씀하셨다. 큰방 가득 신도들의 눈길이 노보살님에게로 일제히 모여졌다. 평소 며느리에게 다소 인색한 시어머니로 알려져 있었기 때문이다. 의아해 하는 시선을 향해 노보살은 덧붙였다.

"젊은 보살이 법복 깨끗하게 차려 입고 절에 오는 것이 좋아 보여 우리 며느리도 입히고 싶어서요."

곁에 있는 며느리는 쑥스러운지 빙긋 웃고만 있다. 노보살의 마음이 고마워 승복집에 얼른 주문을 넣었다. 노보살은 제대로 신청을 했는가 몇 번이고 확인했다. 아마도 지극정성 간병해준 며느리에 대한 고마움의 선물이리라. 비록 수고 많았다 고맙다 살뜰한 표현은 못하지만 시모의 투박한 정(情)이 그대로 묻어 나왔다.

알록달록 값비싼 옷 대신 법복을 건네고자 하는 데에는 부처님 인연을 며느리에게 그대로 이어주고자 하는 염원이 있어 보였다. 며느리도 그런 애틋한 마음을 아는 듯 시어머니 손을 몇 번이고 쓰다듬는다. 고부 간에 바라보는 눈빛이 훈훈하다. 언젠가 노보살이 떠나시면 며느리는 아마도 그 법복을 고이 차려입고 정성스런 49재를 올려드릴 것이다. 그런 풍경을 보니 군불을 지핀 듯, 봄이 온 듯 마음이 따뜻해진다. 법당을 향하면서 누군가에게 정스런 겨울 내복이라도 한 벌 전하고픈 생각이 일어났다.

어머니 밥내음

“스님, 감기 안 드셨소? 오늘따라 목소리가 너무 듣고 싶네….” 연이할매는 가끔씩 연인(戀人)처럼 전화를 하신다. 친할머니와 옛 동무였던 그는 내가 다섯살 무렵 절에 처음 간 날부터 봐왔다. 불명(佛名)이 ‘극락화’지만 오랫동안 입에 붙어 연이할매라 부른다. 전화를 끊고서 혹시 곧 돌아가시려나 염려스런 마음이 들었지만 초하루 법회일이면 동방아를 차려입고 어김없이 부처님전에 나타나신다. 자그마치 올해 98

세인데 귀도 밝고 눈빛도 초롱하시다. 정초에 멀리 방생이라도 갈려치면 제일 먼저 접수를 해놓으신다. 버스에 오를 때 젊은 신도들이 부축하면 '내사 아직 괜찮소'하며 잽싸게 오르신다.

하루는 한번 다녀가란 성화에 노보살님 댁에 들렀다. 방 책상 위엔 〈천수경〉과 〈심청전〉 그리고 손때 묻은 염주가 정갈하게 놓여 있었다. 천수경은 얼마나 읽으셨는지 겉표지가 맨질맨질했다. 그는 책상서랍을 열고서 빛바랜 봉투를 보물처럼 꺼내셨다. 설날에 절에 오시는 노보살님들에게 전해드린 세뱃돈 봉투였다. "스님이 주신 복돈이라 아까워서 못쓰고 이렇게 모아놨다오."하며 자랑하듯 펼쳐보이셨다. 그 모습이 하도 천진스러워 아기를 보듬듯 꼭 안아드렸다.

"우리 연이보살님, 그런데 이 연세에도 책을 보시네요?"

"아주 작은 글씨 빼고는 얼마든지 읽지요. 좋은 책 있으면 갖다 주시오. 심청전은 아무리 읽어도 감동이라오."

"귀도, 눈도 어떻게 이리 밝으십니까?"

"다 부처님 덕분이고, 스님이 축원해 주신 덕분이 아니겠소?"

보살님은 부처님 덕분, 스님 덕분이란 말을 입버릇처럼 하신다.

"보살님, 건강비결 좀 가르쳐 주세요."

곁에 바짝 다가가 앉으며 여쭈었다.

"비결은 무슨… 철없이 사니까 안 늙지요."

몇 안 되는 치아를 내놓고 해맑게 웃으신다. 소박한 웃음은 관세음의 미소와 닮았다. 노보살은 작정한 듯 내 손을 잡아끌고 부엌으로 가신다.

"시님 드릴라고 공양을 지어놨어요. 찬은 없지만 늙은이 정성을 봐서라도 한 그릇 잡숫고 가시오."

금방 지은 밥에서 노보살의 백발(白髮)같은 하얀 김이 모락모락 피어올랐다.

그 옛날 어머니가 갓 지어주셨던 밥내음 …. 부처님전에 마지를 올리듯 나는 정성스런 마음으로 지심정례 공양으로 합장을 했다.

송암 거사의 영정

불교공부를 꼭 하고 싶다면서 처음으로 절에 온 젊은 거사는 소년처럼 수줍어했다. 불교대학 수료식 날 '송암(松岩)'이라는 불명을 주었다. 한여름 법당 뒷동산에 잡초가 우거져 걱정을 하고 있으니 어느새 예초기(刈草機)를 가져와 후루룩 베고는 사라지곤 했던 송암 거사다. 한 달 전 노모를 모시고 오랜만에 절에 왔다. 그날 밖에서 잠깐 일을 보고 돌아오니 그사이 송암 거사는 노모와 함께 집으로 가버렸다. 아쉬운

마음에 오늘 내일 전화라도 드려야겠다 생각했다.

달포쯤 지났을까. 이번에는 노모가 송암 거사를 데리고 왔다. 슬픈 눈의 영정사진과 위패가 내 앞에 서 있었다. 노모는 오열했다. 일을 하다가 갑자기 심장마비로 세상을 떠나버린 것이다. 쉰 살도 채 되지 않은 나이였다. 법당에 위패를 모시고 노모는 울먹이며 나지막이 말했다.

"지난 가을 복지관에서 바자회 하는 날 우리 아들이 안절부절하더군요. 아파트 주민들이 많이 가야할 텐데 하면서요. 스님이 일하는 복지관 행사인데 잘 돼야 하지 않겠냐며 우리라도 다녀오자며 재촉합디다."

그제서야 바자회 때 의문이 퍼즐 맞춰지듯 저절로 풀렸다. 당시 복지관 직원이 바자회 홍보 안내문을 돌리려고 아파트 경비실에 양해를 구했더니 한 경비아저씨가 '복지관 관장스님을 잘 알고 있습니다. 내가 전단지를 집집마다 돌릴 테니 여기는 걱정 말고 가세요.'라고 말했다는 것이다. 복지관에 돌아온 직원은 그 아저씨 덕분에 일을 덜었다고 했다. 하지만 아무리 생각해도 짐작 가는 아저씨가 없어서 혹시 그이가 안내문을 쓰레기통에 갖다 버리려고 한 것은 아닌가 의심

마저 했다. 노모의 이야기를 듣고 보니 그가 바로 송암 거사였다. 순간 가슴이 먹먹해져서 아무 말도 나오지 않았다. 진즉에 알았더라면 고마운 마음을 어떻게든 전했을 텐데….

미뤘던 인사는 살아생전 끝내 하지 못하고 말았다. 선한 눈빛을 한 영정 사진 속 송암 거사를 똑바로 쳐다볼 수 없었다. 그동안 보이지 않는 곳에서 복지관 일을 응원하고 도왔던 그에게 고맙다는 흔한 인사 한번 제대로 하지 못하고 떠나보낸 마음이 애석하다.

지금 바로 내 앞에 있는 사람. 언젠가는 볼 수 없을 그 사람에게 오늘 마음을 다해야겠다. 모처럼 햇살이 좋아 동산에 올라가니 추위를 뚫고 나온 매화가 수줍은 꽃망울을 터뜨리고 있다. 이 봄날 나에게 무상(無常)을 보여준 송암 거사의 영전에 그윽한 매화를 올리고 〈금강경〉을 독송하면서 감사하고 미안한 마음을 전해본다.

고마운 '전기 보살'

남도에 매화며 벚꽃이 만개했다는 기별을 들으니 마음이 설렌다. 주말 모처럼 짬을 내 다녀올까 했더니 오후부터 장마같은 비가 퍼붓고 밤엔 전기까지 나가버렸다. 일시적인 단전(斷電)인가 싶어 마을을 살펴보니 웬걸, 우리절만 깜깜하다. 부랴부랴 촛불과 랜턴을 밝혀 놓고 전기가 들어오기를 기다렸지만 야속하게도 감감무소식이다. 폭우는 쏟아지고 전등도 난방도 켤 수 없으니 속수무책인 상황. 이럴 때를 대비해 기술이라도 배워 둘걸, 부질없는 생각마저 들었다. 오슬오슬 한기 드는 몸으로 아침을 맞았고 날이 밝자마자 전기업체에 전화를 했지만 하필 주말이어서 그조차도 여의치 않았다. 기다렸던 주말이 낭패스런 주말이 돼 버렸다.

급한 대로 신도님과 전기 기술자를 이렇게 청하여 손을 보았지만 그리 간단한 문제가 아닌 모양이다. 차단기 하나에 너무 많은 회로를 쓰고 있어 누전이 되었고, 벽과 천정을 죄다 뜯어 들쳐봐야지만 누전된 곳을 찾을 수 있다고 하니 예삿일이 아니었다. 네댓 명의 기술자들이 주말 내내 동동거리며 애를 썼지만 뾰족한 묘안이 나질 않았다. 내가 미안한 마음이 들어 놔두고 그만 가시라 해도 스님들이 오늘밤도 차가운 방에서 주무신다면 기술자로서 편안하게 잠을 잘 수 없을 것 같다면서 자리를 뜨지 않았다. 밤이 저물도록 거미줄 같은 전기선을 구석구석 살펴보다가 차단기에서 다른 전선을 분리시켜 우선 쓸 수 있도록 응급조치를 해놓고선 "빨리 못 고쳐드려 죄송하다."는 말과 함께 장갑을 벗으며 안도의 한숨을 쉬고 돌아갔다.

전기도 수도도 오래된 장롱처럼 그저 당연시 여길 것이

아니라 마음을 살피듯이 평소에 점검하고 또 점검했어야 할 일이었다. 흐르는 물조차 아껴 써야 하거늘 그동안 전기를 너무 함부로 펑펑 쓴 것은 아닌가 스스로를 경책했다. 연 이틀 전기 없이 살다가 오늘 밤엔 만사에 근심 걱정 없는 천진한 아기처럼 마냥 행복하다. 주말동안 내 일처럼 안타까워하며 보살펴준 기술자들이 새삼 고맙다. 무명(無明)을 밝히고 광명(光明)을 선사해 준 그분들이 바로 관세음보살이다.

초파일 연등을 거두며

형형색색 꽃잎처럼 나풀거리던 연등을 거두어 들였다. 만다라를 완성한 후 공(空)으로 흩어 버리듯. 다시 일상이 고요하다. 이번 초파일은 공양간(후원)을 책임진 신도님들이 신심나게 소임을 살아준 덕분인지 '예년보다 비빔밥이 맛있다'며 칭찬이 자자했다. 식재료를 장만하려면 전부 다듬고 썰어야 하는 작업이 고단할 법도 한데 올해는 칼이 잘 들어 한결 재미가 났단다. 그러고 보니 초파일을 앞두고 한 거사님이 무뎌진 과일칼이며, 부엌칼을 쓰기 좋도록 모두 갈아주고 간 일이 생각났다. 거사님은 복지관에도 주기적으로 오셔서 칼을 갈아준다. 어릴 적 아버지가 숫돌에 칼 가는 것을 어깨너머 보고 배운 솜씨라며 쑥스러워했다. 그의 부인도 이·미용 봉사를 하고자 자격증을 따서 면단위 장애인들과 어르신들의 머리를 매만져 준다. 한평생 먹고 사느라 자원봉사가 뭔지도 몰랐는데 아내의 권유로 지금은 이것이 최상의 행복이라고 자랑삼아 말했다. 젊은 시절 장사하면서 손님들이 팔아주고 도와준 덕에 잘 살았으니, 이제 그 은혜를 회향할 뿐이라고.

20년 전만 해도 초파일 무렵이면 아랫마을 노보살님들이 절에 올라왔다. 평상 가득 미나리며 콩나물을 널어 놓고 손질하느라 바빴고 도량에 풀 뽑고, 법당 뜨락을 물로 소제(掃除)하면서 부처님오신날이 무르익었다. 이제는 사무치게 그리운 옛날 풍경이 돼버렸다. 천수천안이 되어주던 분들이 세상을 떠나시니 그 손길 하나하나가 아쉽고 보고프다. 소소한 일이지만 일부러 마음을 내어 손을 덜어주는 거사님이 더욱 고맙다.

"만약 내가 도움을 주는 손이 필요하다면 너의 팔 끝에 있는 손을 이용하면 된다. 한 손은 너 자신을 돕는 손이고 다른 한 손은 다른 사람을 돕는 손이다." 여생을 자비행에 바친 영화배우 오드리 햅번의 말이다. 모든 사람들이 자비의 덕을 쌓는 환희로운 부처님오신날처럼 이제는 주위를 돌아보면서 기꺼이 손 내밀고 함께 걷는 공덕이 연등처럼 온 누리에 넘실거리길, 올해 부처님오신날을 보내며 서원한다.

걸음마 부처님

며칠 전 엄마 손잡고 절에 온 19개월 된 동자는 방실방실 웃는 모습이 천상 지장보살님을 닮았다. 아직 말은 못하지만 포행하듯 뒤뚱뒤뚱 도량을 걷는다. 너럭바위에 참새들이 헌식(獻食)한 쌀알을 먹으려고 모여들자 아이 엄마는 손으로 과자를 으깨어 주었다. 그것을 유심히 지켜보던 아이는 제 손에 들려 있는 비스킷을 얼른 입으로 가져가는 것이었다. 나는 저도 먹고 싶은가 보다 여겼는데 다음 순간 아이는

내가 바로
부처님이라구~

입으로 깨물어 참새 곁에 조심스레 뱉어 놓는 것이었다. 새들도 날아가지 않고 주위를 맴돌며 과자 부스러기를 콕콕 집어 먹는다. 이제 겨우 첫돌이 지났을 뿐인데 제 입에 들어가기도 아까운 달콤한 간식을 나눌 줄 알고 깨물어 주는 지혜로움에 나는 깜짝 놀랐다.

어느덧 공양시간. "스님 감사히 잘 먹겠습니다." 엄마가 합장인사를 하자 아이도 따라 고사리 합장을 했다. 그런데 느닷없이 아이는 엄마를 보며 제 눈을 비비는 것이었다. 나는 눈에 뭐가 들어갔나 싶어 걱정을 하고 있는데 아이를 유심히 바라보던 엄마가 '된장에 밥 비벼 먹고 싶어?'라고 물었다. 제 맘을 알아주자 아이는 '응! 응!' 온 몸을 끄덕이며 신나 좋아라 했다. 된장에다 밥을 척척 비벼서 '절밥' 제대로 먹고 싶었던 모양이다. 그래 제 눈을 비벼 보임으로써 밥을 비벼 달라 청하는 아이의 기막힌 재치에 모두들 박장대소를 했다. 그런 제스처를 기막히게 읽어내는 엄마의 기지 또한 예사롭지 않았다.

천진스런 아이는 참새 입으로 엄마가 비벼준 밥을 맛나게도 먹는다. 다녀간 며칠 후 전화가 왔다.

“스님, 절에 갔다 온 후로 식사 때는 물론이고, 혼을 내려 해도 이 녀석 합장하고 절을 해요. 웃음이 나서 뭐라 하지를 못하겠어요.”

나는 보지 않아도 그 기특한 장면이 훤히 그려져 웃으면서 말했다.

“우리보다 소견이 뛰어난 선지식이니 야단치지 말고 부디 잘 모시도록 하세요.”

아장아장 걸음마 부처님이 장차 9살, 19살 청년 부처님으로 무장무애하게 성장할 수 있도록 나는 곁에서 기도해 줄 것이다. 그 늠름한 과정을 지켜보는 일은 얼마나 환희로운가. 벌써부터 가슴이 설레인다.

한여름의 초파일

"처음으로 내가 존중받고 있다는 느낌이 들었어요."

"안 왔으면 후회할 뻔 했어요."

"후배들도 이 캠프를 경험하게 해줄래요."

중·고등학생 20여 명씩 모아 두 차례 명상캠프를 열었다. 3년째 하고 있는 '대작불사'다. 초원을 뛰는 얼룩말 같은 40여 명이 난장의 법석을 벌이고 간 자리에 깨알같이 적어놓고 간 소감문과 설문지를 읽다 보니 그들의 행복한 웃음과

재잘거리는 음성이 들려오는 듯하다.

진행하면서 그 누구도 '지금부터 여러분을 존중해드리겠다'고 선언한 적 없는데 그들은 1박 2일 동안 마음으로 눈빛으로 존중받고 있다는 느낌을 받았나 보다. 아이들과 온전히 눈을 맞추고 거침없이 웃고 뒹구는 활발발한 역동 속에 나도 한 덩어리가 되어 땀을 흘리다 보면 처음의 거칠고 어색한 눈빛이 선한 부처님으로 변하고 있음이 느껴졌다.

수업이 시작되자 창희는 졸린지 바닥에 엎드려 있다. 가까이 다가가자 마지못해 몸을 일으킨다.

"고단하지? 괜찮아, 눕고 싶으면 그렇게 해도 돼…."

어깨를 토닥이면서 귓속말을 해주었다. '똑바로 앉으라'고 야단맞지 않을까 불안하던 아이의 눈빛에 안도의 웃음이 번진다. 한 바퀴 돌고 오니 언제 그랬냐는 듯 반듯하게 앉아 적극적으로 수업에 참여한다. '안돼' '하지마' '왜그래?'에 익숙한 아이들에게 '그래' '그럴 수 있어' '그거 좋은 생각이다'라는 공감을 보내자, 호기심과 가능성이 활짝 열린다.

잠시도 쉬지 않고 움직이던 아이들이 시간이 지날수록 선사(禪師)처럼 허리를 당당히 펴고 앉아 들숨과 날숨에 집중하고 있다. 명상은 결코 어려운 것이 아니고 '나도 얼마든지 할 수 있구나'를 몸으로 체험하면서, 이근(耳根)을 스치는 이 인연만으로도 장차 건강한 어른으로 성장할 수 있으리라. 내가 경험했듯 말랑말랑한 청소년기에 부처님을 만나고 자기 내면을 바라보는 일은 그 어떤 이성 친구를 사귀는 일보다 더 없이 설레고 찬란한 일이다. 두어 달 전부터 준비해온 캠프를 회향하고 나니 '7월의 초파일'을 치른 것 같다. 몸은 고단하지만 보람과 감동은 시원한 대숲 바람에 비길 바 아니다.

여름이 흘러간 자리

얌전한 태풍 하나쯤 한반도를 훑었으면 싶을 정도로 유난히 길고 힘들었던 여름이었다. 그래도 계절은 정직하다. 창백하게 달려 있던 사과도 제법 불그스름하게 영글어가고 밭두렁에 세워놓은 들깨단도 고소하게 익어간다. 모처럼 포행을 나와 코스모스 넘실거리는 가을 들녘을 걸으니 마음이 넉넉하고 여유로워진다.

해거름녘이 되자 하늘이 거뭇해지더니 강한 바람을 동

반한 장대비가 열대지방 스콜처럼 쏟아졌다. 늦더위에 지친 터라 느닷없이 내리는 소나기가 반가운 반면, '사과가 많이 떨어지면 어쩌나' '깻단이 비에 젖으면 큰일인데…' 하는 걱정이 쌓여갔다. 하늘도 무심하지, 시간이 갈수록 빗방울은 더 굵고 거세졌다. 그때 불길한 예감에 창문을 올려다봤다. "아뿔싸!" 제주도 정방폭포마냥 창틀에서 폭포수처럼 줄줄줄 비가 새고 있었다.

한꺼번에 내리는 폭우로 이음새 물받이가 버텨내지 못한 것인지, 기왓장 일부가 깨져버린 건지, 범람한 빗물로 방안은 순식간에 물바다가 돼버렸다. 여름 장마나 태풍에도 이런 일이 없었기에 무척 당혹스러웠다. 책과 물건들을 다급히 옆방으로 옮겨놓고 크고 작은 대야를 총동원해서 빗물을 받쳐놓고 걸레를 전부 꺼내 정신없이 닦아냈다. 간혹 TV에서 수재민들이 양동이로 물을 퍼내는 모습을 보면서 '참 안됐다'는 생각은 해봤지만 막상 눈앞에서 벌어진 내 일이 되고 보니 얼마나 기가 막히고 어이가 없던지…. 다행히 폭우는 잦아들었다. 바깥을 살펴보니 강풍에 꺾어진 나뭇가지와 잎들로 어수선하지만 큰 피해는 없는 듯했다. 비로소 안도의 깊은 숨을 내쉬었다.

다음날 아침에 나왔더니 푸석했던 흙과 꽃나무들은 밤새 내린 폭우가 감로수 역할을 했는지 생기를 머금고 한 뼘씩 자라있었다. 폭우로 질펀해진 방바닥을 내내 훔쳐내고 비설거지를 하면서 시시각각 변하는 자연의 성품과 내 마음이 거울처럼 여실히 마주 보여졌다.

나한님과 동지팥죽

동짓달이 다가오면 약속한 것처럼 놋쇠 불기며, 다기, 촛대, 향로를 내려놓고 법당에 빙 둘러앉아 불기(佛器) 닦는 울력과 도량 안팎을 소제(掃除)함으로 새해를 준비했다. 상단부터 시작해 초벌을 닦아놓고 광약을 고루 묻혀 하단의 불기까지 연거푸 닦아내다 보면 어느새 해가 뉘엿해진다. 팔이 뻐근해도 공들여 닦아 놓으면 새것처럼 광이 나서, 자신의 묵은 업장이 벗겨진 것처럼 개운하다며 말갛게 웃는다.

이젠 일손 핑계로 불기를 닦기 편한 재질로 바꾼 덕에 예전의 수고로움은 덜었지만 팥죽 쑤는 일만큼은 무쇠 가마솥을 고수하고 있다. 불 지피는 소임을 맡은 동네보살은 새벽 일찍 절에 올라와 불 연기를 내면서 솥을 달궈놓으면 뒤이어 온 보살들이 불 옆에 옹기종기 모여든다. 하루 전날 한 방 가득 빚어놓은 새알 옹심이를 펄펄 끓는 팥죽 속에 넣으면 목화꽃처럼 동실동실 피어오른다. 불기에 팥죽을 가득 담아 부처님께 먼저 올리고 일주문 사천왕전에 올리는 일은 가장 거룩하고도 성스러운 의식이다.

노랗게 삭힌 고추와 함께 동치미를 퍼내어 담으면 대중들의 팥죽공양 준비가 얼추 끝나고 빈 마음도 채워진다. '올해 농사도 대풍하세요', '집안 우환(憂患) 다 소멸되시길'…. 새알 하나 빚는 동안 노보살 손바닥에선 쓱쓱 하면 어떻게 3~4개가 나올 수 있느냐 신공(神工)이라 부러워하는 새내기를 바라보는 노보살의 얼굴도 웃음이 묻어난다.

뜨끈한 팥죽과 정겨운 덕담으로 작은설(亞歲) 동지가 무르익는다. 오랜만에 절에 올라온 강보살은 동지 시(時)는 언제인지, 내년 삼재는 어떻게 되는지, 묻고 귀동냥하느라 분주하다. 농사일로 바쁠 때는 달력 연등그림을 보고 그나마 초파일을 알게 된다는 넋두리와 함께 '글씨도 크고, 그림도 좋고, 무엇보다 음력이 나와 있어서 절 달력이 좋다'며 사돈네 몫까지 챙긴다. 돌아가는 손에 식구들 맛보이라고 팥죽을 한통씩 담아드렸는데 깜빡 놓아두고 갔다며 절룩이는 걸음으로 다시 올라오셨다. 꽁꽁 여미고 가시는 모습이 마치 보물 챙겨가듯 신나 보인다. 나도 팥죽 한 그릇 먹고 나니 새초롬한 동짓날 밤공기가 푸근해진다. 나한님 드신 동지팥죽이 예사롭지 않음을 내사 알겠네….

노보살의 갈무리

새해 첫 아침이면 법복을 갖춰 입고 총총걸음으로 와 다기물을 올리고 부처님께 제일 먼저 새배를 드리던 노보살이 있다. 누가 물어도 위풍당당하게 "나는 불자요." 말하며 항상 〈금강경〉을 독송했다. 지난 동지 때 내 손을 붙잡고 "저는 다음 생에 동진출가 할랍니다." 맹세하듯 말씀하시더니, 이튿날 점심을 맛있게 드시고 입던 옷을 깨끗이 빨아놓고는 식곤증으로 잠시 주무시는가 싶었는데 그 길로 꿈을 꾸듯 가신 것이다. 평소 깔끔한 성품이라 자식들에게 며칠 앓는 것조차 보여주기 싫으셨던지 그렇게 80평생을 단정히 갈무리하고 떠나셨다.

마치 허허롭고 광활한 겨울 들녘처럼 노보살도 한 생의 가을걷이를 마치신 듯 말이다. 가족들에게 일찍이 장례절차를 하나하나 일러두신지라 우왕좌왕하지 않고 차분히 진행되는 것을 보니 노보살의 행적이 더욱 여법하게 느껴졌다. "울 어머니 평생을 부처님께 의지하시더니… 그래도 다만 며칠이라도…." 자식들은 영전을 바라보며를 오열했다.

젊은날을 함께했던 백발 도반들은 광목 동방아를 손질해 입고서 영전에 헌다하며 일어날 줄을 모른다. "나도 고생안하고 저래 가야 할낀데…. 여보시오 도반님, 곧 데리러 오시오." 염불처럼 자꾸만 되뇌셨다. 갓 시집온 새댁시절 가난하고 서러운 삶의 구비마다 부처님은 친정어머니였고 남편이었고 스승이었다. 그런 부처님 곁에 노보살은 다시 돌아와 저토록 초연히 웃고 있다. 다소곳이 앉아 있는 사진을 보니 무상한 세월이 법당 문풍지에 스미는 바람인 듯 파르르 떨린다. "부처님께 발원합니다. 자식들 애 안 먹이고 단잠 자듯 편안히 가게 해 주세요." 어쩌면 당신의 언약처럼 그리도 홀연히 가셨는지.

얼마 전 지인의 중학생 아들이 전화를 해서는 느닷없이 질문을 했다.

"책에 보니 큰스님들은 가실 날을 미리 알고 곡기를 끊고 위를 비운 채 입적하셨다면서요. 스님은 어떻게 하실 거예요?"

수행자는 어떤 모습으로 떠나야 할까. 어떤 모습으로 마무리 할 것인가. 그렇지 않아도 답을 내 놓으라 세월은 재촉하고 있는데 추상같은 질문에 정신이 번쩍 났다. 바야흐로 한 생을 보낸 노보살은 편안히 눈감고 단잠을 취하는데 오늘 밤 나는 쉬이 잠들지 못하고 갈대처럼 자욱한 생각만이 무성하다.

가사장삼 위신력

가사장삼을 수(垂)할까? 두루막을 입을까? 동방아를 가져갈까? 스님들 모임이라면 고민할 필요없지만 일반 공식석상에 갈 때면 고심을 한다. 여법하되 너무 격식을 갖추어도 괴리감이 느껴질 것 같다. 얼마 전 공적인 행사에 가사장삼을 수했더니 한 기관장이 '가사장삼을 입고 계시니 경건하고 위엄이 느껴져 감히 범접하기가 어렵다'고 했다. 그 말을 들으니 새 스님시절 풋풋한 초발심 때 기억이 떠올랐다.

달빛 교교한 새벽에 예불 도량석을 하려는데 법당 뒤쪽 동산 풀섶에서 저벅저벅 발자국 소리가 들렸다. 순간 머리가 쭈뼛해지면서 저절로 관세음보살이 읊조려졌다. 은사 스님은 출타중이셨고 사형님도 선방에 가셔서 절에는 노보살님 뿐이었다. 출전하는 병사처럼 비장한 각오로 "선재 해탈복이여, 무상복전의로다. 아금정대수하니 세세상득피하여지이다." 가사 송(頌)을 하고 목탁을 집어 들었다. 신기하게도 사천왕이 호위해 주시는 듯 든든하고 두려운 마음이 사라졌다. 그때 나무사이 어떤 금속이 달빛에 번쩍였고 나는 석고처럼 멈춰서서 숨을 고르고 숲을 향해 천둥같은 호통을 냅다 질렀다.

"거기 누구요! 사람이요 귀신이요? 신장님께 혼쭐나기 전에 손들고 당장 썩 나오시오!"

잠시 후 나무사이로 한 어르신이 나왔다.

"아이고 스님, 소리 지르지 말아요. 내가 더 무섭구만요. 아랫마을 박 영감이라오."

"아니 영감님 거기서 뭐하십니까?"

"며칠 전 노스님이 뒷동산 풀을 좀 베어 달라길래, 잠도 안 오고 보름달이 좋아 땀 안나는 새벽에 풀 베려고 낫을 갈

그기 누구요!!
사람이요!
귀신이요!!
관세음보살
관세음보살…!

아 온 거예요. 스님 고함에 놀라 다리가 다 후들거리는구만요."

그날 예불을 어찌 했는지 기억나지 않지만 들어와 서랍을 뒤져 청심환 먹은 기억은 난다. 그래도 주저없이 벼락같은 소리를 냅다 지른 기지는 암만 생각해도 가사장삼의 위력이었던 것 같다.

윤달 가사불사 한다는 소식에 그저 가사만 넙죽 받아 입을 것이 아니라 수행과 정진력에서 풍기는 위엄과 자비로움을 드리우고 있는지 다른 이의 복전이 되고 있는지 점검할 일이다. 가사장삼 수한 위신력으로 막연한 두려움을 향해 맘 놓고 소리치던 그 호기와 대범한 초발심에 다시 불을 질러야겠다.

노거사님의 꾸짖음

이른 아침 정적을 깨는 전화벨 소리에 급히 받으니 잔뜩 부아 난 거사님의 음성이 들려왔다.

"우리 할멈이 며칠 전 세상을 떠났어요. 평생 부처님 믿고 스님 의지하며 살았는데 아니, 나오던 신도가 2년 동안이나 안 보이고 기별 없으면 전화라도 한번 줘야 하는 거 아니요? 내사 절에는 안 다니지만 집사람 좋으라고 49재를 지낼까 하는데 뭣을 어찌 해야 되는 거요?"

격앙된 목소리에 야속함과 슬픔이 그대로 느껴졌다. 사과나 위로할 틈조차 주지 않고 다그치다가 마지막 일침을 놓고는 툭 전화를 끊었다.

"기도 안내문은 잘도 보내면서!"

난데없는 얼음물을 뒤집어 쓴 듯 정신이 번쩍 들었다. 되짚어 보니 큰 행사 때에만 조용히 다녀가시는 노보살님인데 그렇잖아도 뵈지 않아 안부가 걱정되던 터였다. 2년여의 세월을 병상에 누워 있어도 문병 한번 안 오고 장례 치르고 기다려도 절에서 아무 연락이 없으니 괘씸하고 서운했을 것이다.

잠시 후 전화를 다시 걸어 살펴드리지 못해 죄송하고 얼마나 서운하시느냐 사과와 위로의 말씀을 드리니 "집사람이 스님 염불소리를 그렇게 좋아했다."며 울먹이셨다. 얼마나 속상하고 야속했을까. 그럼에도 불구하고 재를 지내고자 마음을 낸 할아버지의 배려와 할머니를 향한 애틋함이 느껴져 내 마음이 아릿해져 온다. 두 분의 마음을 어루만지고 풀어드릴 수 있도록 정성 다하여 49재를 모시고 목청껏 염불로 위로해 드릴 생각이다.

근래에 신도가 급격히 줄어든다고 여기저기서 걱정이다. '오는 사람 막지 않고 가는 사람 잡지 마라. 그저 인연 따라 오고 갈 뿐'이라는 말은 오거나 말거나 무심히 그냥 두라는 것이 아니라 집착 없는 마음으로 모든 일을 행하라는 의미이기도 하다. 한 명의 새 신도를 공부시키고 불법을 전하는 일도 중요하지만 오랜 세월 함께 한 기존 신도를 챙기고 살피는 것이야말로 더욱 중요하다는 생각이다. 은사 스님 돌아가시고 오랜만에 듣는 매운 꾸짖음이 태연히 살고 있는 오늘, 사정없이 내려치는 장군죽비의 경책과 아픔으로 와 닿는다.

도량에 감사하다

규모가 크든 작든 도량을 외호하고 건사하는 일은 참 다양한 경험과 기술이 필요한 것 같다. 가사장삼 수하고 여법히 앉아 정진하는 것도 중요하지만 울력복을 입고 도량 구석구석 살펴야 하는 일도 소홀히 할 수 없다. 세월이 오래되어 정겹고 운치 있는 것도 있지만 전기, 수도, 보일러, 건축물, 설비 등 유지 보수로 손봐야 하는 부분이 많기 때문에 진즉에 전문기술을 좀 배워 둘 걸 하는 아쉬운 생각이 들기도 한다.

끝-!!

더위에 미적대고 있다가 작정하고 잔디 깎는 기계를 밖으로 내었다. 얼마 전 가뭄에는 누렇게 타 들어가던 잔디가 비가 오기 시작하니 너풀너풀 우후죽순이 따로 없다. 예전에는 호미 들고 찾아봐도 삐죽이 나온 잡풀이 잘 보이지 않더니 세월이 가고 철이 났는지 애써 찾지 않아도 멀찍이 있는 바랭이 풀이나 돌멩이가 한눈에 척 들어온다. 도량의 살림살이도 뭐부터 해야 할지 순서를 몰라 우왕좌왕했는데 이제는 일머리가 한눈에 보인다. 도(道)의 자리, 공부의 자리도 이처럼 저절로 보여지고 저절로 익어지면 얼마나 좋겠는가 싶다.

제멋대로 자라나 쑥대머리가 되어버린 잔디가 어서 삭발해 달라고 아우성을 치는 것 같다. 눈처럼 게으른 것 없고 손처럼 부지런한 것이 없다고 슬슬 깎다보니 이제는 요령이 생겨 큰 힘 들이지 않아도 수월하게 끝난다.

느지막한 오후 볕인데도 땀으로 흠뻑 젖었지만 시원하게 깎은 잔디를 보니 길일(吉日)에 삭발한 것처럼 개운하고 기분이 좋다. 가끔씩 모든 망상 다 내려놓고 온전히 노동에 집중하는 것은 살아 있다는 것을 느낄 수 있는 또 다른 통쾌함인 것 같다.

내가 주(住)하고 인연들이 모여 공부할 수 있는 청정한 도량이 있다는 것은 얼마나 수승한 복인가. 그 도량을 내 손으로 땀 흘려 가꾸고 공(功)을 들이는 일은 얼마나 귀중하고 감사한 일인지. 때때로 익숙함에 젖어 긴장감과 신선함을 잃고 안주하고 있지는 않은지, 복을 감(減)하고 살고 있지는 않은지 늘 알아차림하고 경계해야 할 일이다.

선지식의 가을메시지

읍내 사는 노보살이 추석 쇠러 온 아들 내외와 갓 백일 지난 손주를 데리고 절에 올라왔다. 시골에 살다보니 아기를 보는 일이 좀처럼 드물어 반갑기도 하지만 백옥 같은 아가의 존재만으로도 귀하고 환희롭다. 아이를 품에 안고서 건강히 자라거라 이마와 뺨을 어루만지며 축원을 하고 있으니 노보살이 다가와서는 안타까운 얼굴빛으로 말했다.

"내 손주 사랑스럽지요. 에고, 그렇게 예뻐하시네요. 스님도 시집갔더라면 저리 고운 아이가 있을낀데.”

시골 노인의 주책없는 소리라는 생각이 들었지만 또 한편 애틋한 딸을 대하듯 순수함과 진심이 느껴져 그저 웃고 말았다. ‘나는 무심히 안아도 보살은 자기 생각과 자기 기준으로 보는구나’ 싶었다.

오후에 전라도에 계시는 어른 스님과 통화를 하다가 보니 스님도 며칠 전 나와 비슷한 경험을 말씀해 주셨다. 이웃집 보살이 와서는 ‘가을이 오는데 스님 마음이 어때요? 쓸쓸하지 않아요?’라고 넌지시 묻더라고 하였다.

“가을은 만물이 무상(無常)을 머금고 있기 때문에 쓸쓸함을 느끼는 것은 자연스러운 일이지요. 하지만 나는 이맘때면 마치 천상계를 노니는 것 같아요. 석상화가 발갛게 피어 있고 호랑나비가 꽃잎에서 나풀거리고 줄무늬 다람쥐가 뛰어 노는 풍경이 얼마나 아름다운지요.”

스님의 답변은 당신이 주석하는 회상처럼 정갈하고 아름다웠다.

“중생들은 모두 다 자기 깜냥으로 보고 이해하는 것이지요.”

전화기에서 흐르는 스님의 말씀에 공감이 되어 나도 고개를 끄덕이며 웃었다. 누가 하는 소리를 듣고서 말만을 좇기보다는 그 본질을 꿰뚫어 볼 줄 아는 안목이 밤송이처럼 탁 터지면 좋겠다는 생각이 들었다. 그리고 스님은 한 말씀 덧붙이셨다.

"일은 해도 해도 끝이 없으니 분주하게 전진하며 살지만 말고, 노는 것도 지혜롭게 잘 놀아야 해요. 자기 사는 데만 파묻혀 주위 돌아볼 새도 없이 살다보면 나중에는 이게 뭔가 하는 오기와 원망만 남아. 그러니 가을 단풍 들면 한번 놀러 와요."

쉬었다 가라고, 가을길 따라 단풍 보러 오라는 말씀이 그냥 하는 말씀이 아닌 줄을 알겠다. 자칫 저도 모르게 분주하게 치닫는 마음작동에 브레이크를 걸고 한 마음 쉬라는 경책임을 알아차렸다. 따스하게 군불 땐 방에서 노랗게 익은 고구마 호호 불어 내 주시며 뜨거우니 천천히 먹거라 하시던 노스님의 다독임처럼 평온하고 여유로운 풍경 하나가 연기처럼 피어오른다.

염불 공감

나뭇가지 사이를 헤집고 들어오는 햇살에 단풍이 더욱 눈부시다. 가을이 되니 마음결에 여백이 생기는지 곱게 물들어 가는 산언저리에도 눈이 머물고 어디선가 들리는 노래에도 귀 기울여진다. 우연히 TV에서 어떤 가수의 노랫소리가 들려왔다. 혼신을 다해 부르는 그의 노래에는 간절함이 들어 있었고 그것은 객석에도 오롯이 전달되어 환호로 화답해주었다. 별 감흥 없이 흔히 듣던 곡이어도 누가 어떤 심정으로 노래하느냐에 따라 또 다른 울림을 주는 것 같다.

문득 우리 스님네가 행하는 염불도 자칫 엄숙하고 일방적인 의식으로만 집전하기보다는 불자들과 소통의 법석(法席)이 되고 신심이 우러나 함께 공감하는 법의 무대가 되면 좋겠다는 생각이 들었다.

얼마 전 부인의 49재를 지내고자 오게 된 가족이 생각난다. 평소 절에 올 기회가 없었다는 그들은 낯설고 생소한 분위기에 안절부절 어려워하는 기색이 역력했다. 돌아가신 분의 재(齋)도 중요하지만 유가족의 마음을 열어 주는 것이 우선이라는 생각이 들었다. 좌복에 편안하게 앉게 하여 49재 의미와 절차에 대하여 자분자분 이야기 한 후 잠시 명상을 하고서 기도를 시작하였다. 다 같이 함께 읽을 수 있도록 한글로 된 기도문을 독송하며 의식에 대한 설명을 곁들여 이해를 도와주었다. 재 막바지에 가족들이 영가님을 향해 고별문을 읽어 드리게 하고 봉송절차를 마무리했다.

기도를 마치고 그들은 차분하고 밝은 표정으로 나에게 다가와 말했다. "우두커니 앉아서 우는 것 외에는 별 도리 없는 줄 알았는데, 우선 뜻을 알고서 기도하니 더욱 정성스러워지고 불안한 마음이 평온해졌다."며 고마워했다. 물론 짧은 시간동안 진리의 참뜻을 다 헤아리지는 못한다 할지라도 자신이 하고 있는 염불을 알아듣고 이해할 수 있기에 감응할 수 있는 것이라 생각이 되었다.

심리치유, 음악, 미술, 화초, 동물치유 등 상처받은 마음에 대한 힐링과 위로가 이 시대의 화두가 된 듯하다. 그 가운데 정성을 다하는 염불로서 영가를 깨달음으로 인도하고 막혔던 마음이 풀리고 슬픔을 위로받을 수 있다면 그 어떤 것보다 여법한 치유 도구가 아니겠는가.

위로는 지극한 마음으로 부처님을 감동케 하고 아래로는 중생의 아픔을 어루만지고 치유해 주는 염불을 해야겠다는 생각이 가수의 노래를 들으면서 새삼 새겨진다.

한 생각 바꾸면

정월이라 세배하러 들른 보살에게 차를 한잔 내어주었다. 요즘 사업이 잘 되지 않아 걱정이라며 수심(愁心) 가득한 얼굴로 차를 마시려는 찰라 손에서 미끄러져 찻잔이 바싹 깨지고 말았다. 사색이 된 그녀가 "어쩌죠? 금년에도 재수가 없으려나 봐요."라며 탄식하였다. "잔이 깨진 것을 보니 액운이 모두 나가 금년에 재수대통 하시겠다."며 내가 응수해 주자 죽을상이던 그녀 얼굴에 만월 같은 미소가 번졌다. "아!

예쓰-!!
운수대통!!

스님이 그렇게 축원해 주시니 좋은 일이 생길 것만 같고 기운이 펄펄 납니다." 일체유심조(一切唯心造), 한 생각 돌려 마음을 어떻게 먹느냐에 따라 병이 약이 되기도 하고 부정이 긍정이 되기도 하는 것이다.

일본에서 '경영의 신(神)'이라 불리는 마쓰시타 고노스케(松下幸之助)는 자신은 하늘에 세 가지 축복을 입었다고 말한다. 너무나 가난했기에 구두닦기와 신문팔이를 하면서 다양한 경험과 부지런함을 익혔고 몸이 허약했기에 수시로 운동을 하여 건강을 배웠고 초등학교도 마치지 못했기에 누구에게든 물었고 무엇이든지 배웠다는 것이다. 그러므로 가난과 병약함과 무지(無知)는 오히려 자신을 성장시켜 준 스승이고 은혜였다는 것이다.

그의 이야기는 '무엇 때문에'라며 탓하기는 쉬워도 '그 덕분에 성공할 수 있었노라'고 말하기는 결코 쉽지 않은 우리에게 '그래, 녹록지 않은 삶이지만 한 생각 바꾸어 보면 어떨까' '폭삭 주저앉고 싶은 순간일지라도 한 마음 쉬어보면 어떨까'라는 다독임으로 다가온다.

위기를 공부로 삼을 수 있는 사고의 대전환, 업(業)도 결

국은 마음의 문제로 귀결되는 것이 아니던가. 한 생각만 돌리면 삼독(三毒)을 삼학(三學)으로 전환할 수 있는 어마어마한 변환장치가 우리에게 이미 구족해 있지 않은가. 좁게 쓰면 바늘구멍도 용납할 수 없지만 넓게 쓰자면 광대무변한 허공을 능히 들일 수도 있다.

'마음 마음 마음이여.' 문갑 위 족자의 글씨가 또렷하게 내려와 그대는 어떻게 마음을 쓰고 있는가 내놔보라고 한다.

부적 한 장

아리랑을 세계에 알린 호머헐버트(Homer. B. Hulbert)는 "대부분의 한국인은 사회 내에서는 유교적이고, 철학적이고자 할 때는 불교적이며, 근심에 싸여 있을 때는 샤머니즘"이라고 했다. 인간의 고통을 해결하고자 하는 메커니즘은 유교든 불교든 샤머니즘이건 다름없는 것 같다.

늘상 장거리를 운전하는 자식이 걱정인지라 '차량안전부'라도 지니게 하면 마음이 놓일 것 같다 하셔서 한 장 구해

드렸는데 노모는 부처님께 정성스런 기도를 올리고서 아들에게 전해 주셨다.

며칠 후 아들이 고속도로를 달리다가 타이어 펑크가 났는데 다행히 앞뒤에 차량이 없었는지라 자칫 큰 사고를 면했다며 상기된 목소리로 기별해왔다. 이 모든 것이 부처님의 가호덕분이 아니겠느냐며 가슴을 쓸어내리는 노모에게 종이 한 장의 부적(符籍)은 금강 같은 방패와도 같은 것이었다. 또한 스님이 건네 준 안전부를 지니고 있었기에 무사한 것이라고 하였다.

내가 드리긴 했지만 간절한 기원을 담아 전한 위신력은 어머니의 역할이었다. 어머니의 자력(自力)과 공(功)이 영험으로 작용한 것이다. 부처님을 의지해서 마음의 위안을 받고 그 에너지가 먼 길 나서는 자식에게 안식을 주고 아들은 위기상황에서 차분히 대처했으리라.

종이 한 장의 부를 한낱 미신으로 치부할 수도 있고 안정과 위안의 방비책으로 삼을 수도 있고 수행공부로 회향할 수도 있을 터, 『초발심자경문』에 같은 물이라도 뱀이 마시면 독이 되고 소가 마시면 우유가 된다고 하였다. 지혜로운 이는 보리를 이루고 어리석은 이는 생사를 이룬다는 뜻이기도 하다. 오늘 내가 마시는 물은 어떤 작용을 하는지 면밀히 반추해 볼 일이다.

둘
복지관 이야기

평범하지 않은 수행자로 잿빛 승복을 입었음에도
어느 집 누구 아니냐며 스스럼없이 대하는
어르신들과 함께 하는 고향의 복지관 이야기

가래떡 공덕

봄을 시샘하는 듯 겨울 막바지에 내리는 눈이 제법 쌓여 차들이 뒤뚱거리며 다니고 있다. 산중에 계시는 어른 스님이 모처럼 귀한 걸음을 해주시기로 한 날이라 눈구경보다 걱정이 앞선다. 몇 번씩 도로에 나가 안절부절 서성이며 기다리고 있으니 미끄러운 길을 헤치고 도착하셨다. 복지관 식구들 대중공양 약속을 지키기 위해 눈길을 마다않고 달려 오셨으리란 생각에 더욱 송구하고 감사했다. 승용차 가득 실려 있는 가래떡은 눈보다 더 푸짐했다. 어르신과 장애인들이 맛있게 드실 수 있도록 때맞추어 오셔서 하얀 김이 솔솔 올라오고 있었다.

점심시간이 되자 복지관 공양간은 활기로 넘쳐났다. 쫄깃한 가래떡을 한입 가득 베어 드시면서 맛있다는 합장인사를 받으니 부자가 된 듯하다. 넓은 복지관 구석구석을 다 둘러보신 어른 스님은 오실 때보다 더 흐뭇한 미소를 남기고 산중으로 돌아가셨다. 이곳에서 나누는 대중공양은 노인들과 장애인들의 마음을 채우고 정(情)을 나누는 든든한 한 끼가 된다. 외롭고 쓸쓸한 삶이지만 적어도 이곳은 어르신과 장애인들이 대접받고 누릴 수 있는 상락아정(常樂我淨)의 극락정토이다. 더군다나 절에 가기가 힘든 장애인들에겐 스님들로부터 받는 공양이야말로 가장 귀하고 값진 선물이다.

오후, 눈이 멈추자 산에서 내려오는 매서운 칼바람이 불어댔다. 급기야 복지관 입구에 세워둔 육중한 입간판이 바람에 중심을 잃고 쓰러졌다. 손쓸 겨를도 없이 제멋대로 차량들 사이와 게이트볼장을 굴러 다녔다. 하마터면 큰 사고가 발생할 수 있는 상황이었지만 차(車)도 파손되지 않았고 그 누구 하나 다치지 않았다. 가슴을 쓸어내리면서 한 직원이 이렇게 말했다.

“자칫했으면 사람도 다치고 차량도 여러 대 파손할 수 있는 정말 아찔한 상황이었습니다. 아마도 오늘 큰스님들께서 다녀가신 공덕으로….”

이제 굳이 설명하지 않아도 스님들이 다녀가신 공덕을 찬탄하고 대중공양의 의미를 저절로 알아가는 직원의 마음이 새삼 기특하다. 어른 스님의 자비로운 거동으로 유정(有情)들도 무정(無情)들도 이렇듯 감응을 하나보다. 다녀가신 자리에 아름다운 향을 피운 듯 종일토록 후리지아 봄내음이 은은하다.

복지관 천진불

아직 세상만사 두렵고 사람들이 마냥 낯설기만 한 장애 아동들에게 우리 복지관은 놀이터이자 타인과의 유일한 소통창구다. 재활치료를 하고 나오는 날, 몇몇 아이들이 나를 보고는 쪼르륵 달려온다. 스님이라 어렵고 불편할 수도 있지만 곁으로 온다는 것은 호기심과 관심이 있다는 뜻으로 풀이된다. 다행이다. 우선 아이들과 눈높이를 맞춘다.

녀석들이 나에게 눈길을 준 강력한 이유는 언제나 삭발

한 ‘까까머리’였다.

“머리 한번 만져봐도 돼요?”

한 녀석이 먼저 용기 내어 요청했다. 나는 몸을 낮춰 엊그제 삭발한 머리를 기꺼이 내주었다.

“그래 만져 보렴. 어떠니?”

옆에 있던 다른 아이들도 대답이 궁금한지 모두들 녀석의 입이 떨어지기를 바라보고 있었다.

“와! 찍찍이다!”

머리의 까끌까끌한 촉감이 찍찍이(벨크로)처럼 느껴졌나 보다. 내 머리를 만져본 녀석은 임무를 수행한 영웅이라도 된 것처럼 우쭐한 기색이 역력하다.

“그런데, 남자예요? 여자예요?”

잠시 후 다시 묻는다. “남자이기도 하고 여자이기도 해.” 라고 답해주었더니 “그럼 남자도 되고 여자도 된다는 거예요?”라고 하면서 눈을 반짝거렸다.

“응, 스님은 그렇단다.”

호기심 가득 찬 눈빛으로 다시 한 번 삭발한 머리를 훑으면서 녀석은 고개를 갸우뚱하더니 뭔가를 알아챘다는 듯

나를 보며 또박또박 말한다.

"아 알았다! 스님은 남자하고 있으면 남자가 되고 여자하고 있으면 여자가 되는구나. 내 말이 맞죠?"

고맙게도 녀석은 나보다 더 명쾌한 답을 내놓는다.

"우와! 맞아. 그거 아무도 모르는 비밀인데. 어떻게 알았어?"

폭풍칭찬에 녀석 얼굴은 금세 나팔꽃처럼 환해진다. 비록 장애가 있어 불편할지라도 아이들 마음은 무궁무진한 보배궁전이다. 분별없이 있는 그대로 받아들이고 느끼는 우리 복지관 천진불(天眞佛)처럼 나도 그렇게 살고프다.

동진씨의 부처님

“저는 기독교를 믿어요. 하나님은 우리의 죄를 대신하여 십자가에 못 박힌 분입니다. 그분의 모습은 노란 벼 이삭이 고개를 숙인 것 같이 보여요. 그래서 볼 때마다 겸손해져요.”

장애인직업재활반에서 일하는 터벅머리 동진씨가 큰눈을 반짝거리며 내게 말한다. 직업재활반은 장애인이 직업활동을 할 수 있도록 기술을 연마하는 직업적응훈련반이다. 몇 달 전 인근 식품가공 공장에 동진씨를 처음으로 취업시켰다.

일을 잘해 안심했는데 아무래도 비장애인보다는 생산량이 떨어져 물량을 제때 맞추지 못해 다시 복지관으로 복귀하게 됐다. 자칫 우울하고 실의에 빠져있을까 염려되어 위로의 말을 건넸다. 동진씨는 오히려 태연하게 말했다.

"이제 막 시작한 사회생활인데 어떻게 첫술에 잘할 수 있겠어요? 잘리긴 했지만 좋은 경험을 했고, 열심히 직업기술을 배워서 다른 데 취직하면 되지요."

동료들을 향해서도 말했다.

"복지관에 있다는 것이 얼마나 행복한지 알아야 해. 사회가 얼마나 무서운지 나가보면 안다니까."

불과 몇 달 사이 동진씨는 예전과 달리 우뚝 성장했다. 복지관 도서관에서 책을 가져와 으스대길래 물었다.

"무슨 책인지 이야기 해줄래요?"

그러자 기다렸다는 듯 줄줄 외며 말했다.

"부처님의 말씀은 위대해요. 그 어떤 책, 성경에서도 그런 내용을 못 봤어요. 그래서 책을 세 번이나 읽었어요. '그대의 스승은 어떤 방법으로 가르침을 줍니까? 자이나교 스승은 고행을 하여 악업을 짓지 못하도록 가르침을 준다고 했지

만 부처님은 마음으로 참회하고 선업(善業)을 실천하라고 가르칩니다.' 그 말이 너무 좋고 가슴에 와 닿아요. 관장 스님도 읽어볼래요?"

그러고는 책을 쑥 내민다.

스님인 나 역시도 경전을 읽으면 이렇게 문장 전체를 또박또박 정확하게 기억하기는 어려운데 동진씨는 서있는 나를 부끄럽게 만들었고 환희로움에 빠지게 했다. 나는 오늘 동진씨가 내민 책을 가지고 와 그가 만난 부처님을 초심행자가 되어 다시 만나고 있다. 복지관은 나에게 53선지식을 찾아 구도(求道)여행을 떠나는 대 화엄(華嚴)의 장이다. 아, 오늘은 팔딱팔딱 숨 쉬는 어떤 선지식을 만날 수 있을까 가슴이 두근거린다.

진호의 생일상

"스님, 벌써 우리 아들 생일이 다가오네요. 내일 복지관으로 가서 뵐께요."

더위에 지쳐 마음마저 축축 처지는 어느 한낮, 휴대전화 문자가 울렸다. 달력을 보니 어느새 진호의 2주기 생일이다. 갓 스무살이 넘은 진호는 어느날 아침 회사 다녀오겠다고 집을 나선 뒷모습이 생전의 마지막이었다. 먹고 사느라 바빠 1년에 한번 초파일 연등을 달려고 절에 오는 것이 전부였던 진호의 부모님은 아들 위패를 모시고 49재를 지내면서 그 먼 길을 매일같이 달려와 부처님께 지극정성 매달리며 기도를 올렸다. 그렇게 칠칠재가 끝나고 어색하던 합장도 자연스럽고 어눌하던 발원문도 곧잘 따라하면서 불법(佛法)을 익혀 나갔다.

하지만 아들의 기일이나 생일만 다가오면 또다시 눈물바람이다. 그래서 제안했다. 재 모시는 경비로 복지관 대중에게 공양을 올리자고. 진호의 생일을 눈물짓는 날이 아닌 복짓는 날로 만들자는 제안을 부모님은 흔쾌히 받아들였다.

그렇게 1년이 흘렀고 진호어머니는 어떤 메뉴로 생일상을 차릴지 의논하러 복지관에 오겠다는 소식을 보낸 것이다. 생일날 아침 일찍 진호네 가족들과 절에서 간단히 재(齋)를 모시고 복지관으로 향했다. 할머니는 물론 이모들까지 합세하여 식재료를 다듬고 음식준비를 하여 맛있는 공양상이 차려졌다.

윤기 가득한 찰밥과 들깨미역국 그리고 궁중잡채와 노릇하게 구운 조기를 식판에 정성껏 담아내는 진호네 가족들과 그들에게, 따스한 눈빛으로 위로하며 감사의 인사를 하는 어르신들의 모습은 어떤 거룩한 재(齋)의식보다 숭고해 보였다. 그날 늦은 오후 복지관에서 만난 한 어르신이 내 손을 잡고 나직하게 말하셨다.

"스님, 진호가 내 손주같아서 하루종일 염주 돌리며 '나무아미타불 극락왕생'만 발원했네요."

오늘 베풀어진 만발공양은 음식을 내신 분과 받는 분 그리고 베풀어지는 공양이 다함께 거룩한 삼륜청정(三輪淸淨)의 공양이다. 아들을 여읜 슬픔과 아픔을 하얀 꽃타래로 승화시켜 중생계에 회향(廻向)하는 그 애틋한 마음에 나도 맑은 향을 올린다.

요양원 '철순이'

연초록이던 벼이삭이 노르스름해지는 것을 보니 짓궂은 날씨와 기후에도 벼는 제몫을 묵묵히 해내고 있구나, 대견한 마음이 든다. 산자락의 단풍도 그러하듯 익어간다는 것은 자기만의 빛깔로 깊이 곰삭는 일인가 보다. 얼마 전 복지관 관계자들과 지역의 한 요양시설을 방문했다. 들어가는 입구부터 시선이 닿는 곳마다 세심한 배려와 정성이 보이고 천정의 자연채광마저 은은히 비춰져 요양원이라기보다 쾌적한 주택처럼 느껴져 일행들도 이구동성으로 감탄을 했다.

시설 원장님은 어떤 분일까 궁금했는데 이야기를 나누면서 그 비결을 알아차릴 수 있었다.

"저는 이곳을 부모님 계시는 집이라 생각하지, 요양병원이라 여기지 않아요. 부모님 계신 공간이니 아름답고 편안하게 꾸며 드리고 싶은 것은 당연하지요. 그러니 무엇을 원하실까? 뭘 해드릴까? 항상 염두에 둡니다."

진심이 느껴지는 그의 말을 들으며 부처님을 모시는 아난의 얼굴이 떠올랐다. 원장님은 정말 100여 명의 어머니 아버지를 봉양하는 자식과 같았다.

곁에서 어르신을 돌보는 한 간병인에게 힘들지 않느냐 물었더니 잔잔한 웃음이 돌아왔다.

"이 일을 하면서 철이 드는 것 같아요. 어르신을 돌보면서 배우는 게 많습니다. 내 부모라면 어떻게 대할까? 먼 훗날 제가 누워있을 때 어떻게 보살펴주면 편할까? 이런 생각을 하면 손길에 저절로 정성이 들어가요."

찬찬히 둘러보고 나오는 걸음이 바람처럼 가볍다. 오후 햇살이 비치는 자리에 휴식처가 돼주고 있는 나무에 눈길이

갔다. 몇몇 사람들이 나무 아래서 오순도순 이야기를 나누고 있었다. 환자 가족이 기증한 나무인데 철마다 풍성한 꽃을 피워 '철순이'라고 이름지었단다. 무심히 보면 그저 흔한 나무지만 이름을 붙여주니 모든 사람들에게 의미가 되고 누군가를 기다리고 만나는 약속장소와 이정표 역할을 하고 있었다. 가을이 소리없이 숲의 깊은 곳에서부터 시작되고 있다. 가을산을 보면서 그 깊은 속으로 들어가 나의 빛깔로 물들고 싶다는 생각을 하면서 자리를 떠났다.

카네이션 훈장

복지관 어르신이 볕 좋은 벤치에 앉아 혼자 담배를 피우고 계셨다. 곁에 다가가 앉으며 채근하는 손녀처럼 말했다.

"어르신, 담배 많이 피우시면 해로워요."

"아이고, 관장님 이제까지 산 것만도 지겨워요. 이까짓 것 안 피운다고 몇 년이나 더 살겠어요. 80년 살았으면 됐지."

빨리 죽고 싶다는 노인의 말은 다 거짓이라 하지만, 삶에 대한 미련이 없어 보이는 단호한 말씀이 그냥 하는 넋두리같

이 느껴지지 않았다. 순간 가슴이 먹먹해서 두 손을 꼭 잡아 드렸다.

"그래도 안 아프고 가셔야죠…."

할머니가 돌아가신 지 17년이 지났단다. 외롭고 고독한 일상 중 가장 성가신 일은 혼자 밥을 차려 먹는 일이라 하셨다. 그나마 복지관에서 한 끼를 해결하는 것이 위안이지만 대부분 라면을 드시거나 그것도 귀찮으면 굶는다고 하셨다.

"왜 재혼을 안 하셨어요?" 여쭈었더니, "혼자 사니까 그나마 1년에 두어 번 자식들을 볼 수 있지, 재혼했으면 한 번도 안 올 걸요? 자식들 얼굴 보는 게 유일한 낙이구먼요. 못난 애비 만나 대학도 못간 내 새끼들…."

이 세상 부모님들은 어째서 자식에게 만사가 다 미안하고 죄인이어야 하는가. 그 어려운 시절 살아오면서 자식을 내치지 않고 키운 공(功)은 자취도 없고, 보고 싶으니 한번 다녀가란 기별조차 무엇이 미안해 못하시는 걸까.

절에 자주 나오던 보살님이 한동안 뜸하여 궁금했는데 달포 전 기다리던 손주를 보았다고 자랑했다. 딸의 해산 간을 돕느라 손이 붓고 입이 부르트는 수고로움도 그저 행복하다는 어머니의 존재를 지켜보면서 부처님이 중생을 향한 사랑도 끊임없이 구르고 굴러 법륜(法輪)이 상전(常轉)하는 것이 아닐까 하는 생각이 들었다. 어버이날 복지관 어르신들의 가슴에 달아드릴 500개의 카네이션을 준비했다. 우리 부모님들의 살아오신 세월이 꽃잎처럼 화사하고 훈장처럼 당당한 5월 어버이날이었으면 좋겠다.

법수화 보살의 인과법

"어르신 많이 잡수세요. 몸이 불편하면 갖다 드릴 테니 앉아계세요."

매일 400여 분 분량의 점심을 제공하는 우리 복지관은 항상 잔칫날처럼 북적인다. 그러니 때맞춰 대식구의 공양을 준비하는 자원봉사자는 '천수천안관세음보살'이다. 식재료를 다듬고 손질하는 과정에서부터 배식판에 진수성찬을 담아내고 설거지와 마무리까지 봉사자의 손길이 미치지 않는 부분이 없다. 끝없는 배식줄 사이를 분주히 왔다 갔다 하며 자리를 봐 드리고 능숙하게 식판을 옮겨 드리는 법수화 보살의 목소리가 경쾌하다. 그의 연세로 말하자면 당장 자리에 앉아 대접을 받아도 응당하다.

거의 매일 셔틀버스로 출근해서 주방으로 가 앞치마를 두르고 봉사활동을 시작한 지 3년이 훨씬 지났다. 급여를 받는 것도 아니고 누가 등 떠미는 것도 아니건만 가장 힘든 주방 일을 자원해서 한다. 하지만 당신이 할 수 있는 일이고 하고 싶으니까 하는 것이니 봉사라고 생각하지 않는단다. 그러니 자랑할 것도 내세울 것 하나 없노라고 손사래를 치며 말한다.

법수화 보살은 '자원봉사자다' 또는 '오늘은 갈까? 말까?' 하는 분별심 자체가 아예 없이 복지관 자원봉사가 일상에 녹아든 듯하다. 3년 전 갑자기 몸이 아파 사경을 헤맨 적이 있었는데 그때 병상에서 '이렇게 죽어서는 안 되겠다'는 절박한 생각이 들었고 퇴원하자마자 이후 복지관에 매일 나오게 됐다. 생사를 눈앞에서 직면해 보니 내일 죽더라도 밥값은 하고 복(福)이라도 지어놓고 죽어야 덜 억울하겠다는 생각이 들었단다. 자신보다 더 불편하고 도움이 필요한 사람들과 함께 하다 보니 삶에 대하여 저절로 겸손하고 하심(下心)하는 마음이 생긴다고 했다. 규칙적인 생활로 몸의 통증도 없어지고 건강을 되찾았으니 오히려 당신이 도움을 받고 있는 것이라고. 3시반에 일어나 절에 가 새벽예불과 〈금강경〉을 독송하고 총총 집에 돌아와 손주들 아침을 해 먹이고는 복지관으로 출근을 한다.

"고맙다, 잘 먹었다 인사해주는 분들에게 오히려 미안하고 감사하지요."

수줍게 웃는 법수화 보살의 희끗희끗한 은발이 다이아몬드보다 더 빛나고 당당해 보인다.

"요새 TV를 보면 돈 많은 사람들이 왜 저렇게 못나게 사는지 당최 모르겠어요. 나물밥을 먹고 살아도 이렇게 행복하고 뱃속 편한데 말이에요."

사람은 살면서 나이값, 밥값, 배운값, 이 세 가지 값을 치러야 한다고 한다. 법수화 보살은 누구보다도 인과법의 셈을 제대로 하고 있는 것 같다.

비오는 날 한라산

복지관 업무차 제주도 갔던 길에 한라산 등반 일정이 잡혔다. 부푼 마음으로 합류했다. 출발할 때는 금방이라도 가뿐히 산정에 올라 한라산의 장관을 만끽할 듯싶었지만 몇 분 지나지 않아 숨이 턱까지 차오르고 호흡이 가빠져 대열에서 자꾸만 뒤처졌다. 그동안 운동이라고는 하지 않고 내쳐둔 게으른 자신과 체력을 나무라며 바삐 일행을 뒤따라 갔다. 시나브로 비까지 내려 낙엽에 젖은 돌계단은 미끌거렸고 땅

화이팅!

바닥이 두 발을 붙잡고 있는 듯 걸음은 점점 무거워졌다. 문득 처음 절에 와 108배를 힘겨워하는 사람에게 "뭐가 그리 힘드냐?"며 핀잔을 준 일이 떠올랐다. 나에게는 익숙하고 쉬운 일이 다른 이에게는 녹록치 못할 수도 있는 것을. 그때 곁에서 108배를 함께 해 줄 생각은 왜 못했을까.

그 순간 한 사람이 "힘내세요."라며 나의 보행을 맞춰주며 낙오되지 않도록 격려했다. 나처럼 등산이 서툴러 뒤처졌나 보다 생각하면서도 동행이 적잖게 의지가 됐다. 하지만 알고 보니 그는 어느 중턱에 어떤 들꽃이 피어 있는지조차 훤할 정도로 한라산을 펄펄 날아다니는 능숙한 사람이었다. 초보자 속도를 맞추는 것이 답답하고 지루했을 텐데 내려갈 때까지 함께 걸어준 그의 배려는 백록담에 피어오르는 물안개만큼이나 감동스러웠다.

산을 내려오니 마방목지 평원에서 제주 10경의 하나라고 하는 고수목마(苦藪牧馬)가 눈에 들어왔다. 망망한 들판에서 한가로이 풀을 뜯는 소와 말들의 풍경을 보니 문득 십우도(十牛圖)의 '기우귀가(騎牛歸家)'의 한 장면을 보고 있는 듯했다.

덕분에 산행을 무사히 마칠 수 있었고 영실기암(靈室奇岩)의 신령한 운무도 가슴에 담아올 수 있었다.

알겠다. 진실로 함께 한다는 것은 그 사람이 포기하지 않도록 보폭을 맞추어 같이 걸어주고 격려하는 일이라는 것을 말이다. 가끔씩 포행할 때 내 걸음을 따라오기 힘들다는 도반의 푸념이 생각난다. 오늘 그에게 미안해하는 마음으로 내 발 아래를 살피며 스스로를 돌아본다.

인생사 윷놀이

꽹과리, 징, 장고, 북을 앞세우고 정월대보름 사물놀이패가 복지관 강당에 들어서자 허리와 다리가 불편한 어르신과 장애인도 장단에 맞춰 절로 춤사위가 나온다. 강당 한쪽에선 부대행사로 투호던지기, 알까기가 펼쳐지고 중앙에는 윷놀이가 한창이다. 16강에서 결승전까지 올라가는 시간이 지루할 법도 하건만

"윷이야~" "모야~" 잔칫날처럼 떠들썩하고 흥겹다.

도개걸윷모 행마(行馬)에 따라 몇 걸음 가다가 잡기도 하고 물러나기도 한다. 신나게 가다가 뒷도가 나와 엎고 가던 말들이 한꺼번에 먹잇감이 되어 떨어져 나가자 한쪽은 환호성을, 다른 쪽에선 탄식이 새어 나온다. 양쪽 팀 긴장감이 팽팽하다. 윷이 잘 나오는 것도 중요하지만 윷놀이는 말을 잘 쓰는 데 승패가 좌우되기도 한다. 말을 한데 묶어서 가자는 어르신과 따로 가자는 승강이가 심각하다. 머리회전이 능한 어르신이 훈수를 두기도 한다. 곧 결승의 승패가 갈리겠다 하고 자리를 뜨려는데 궁지에 몰렸던 팀의 환호성이 들린다.

"한 사리요! 두 사리요!"

역전에 신이 나 전부 일어났고 반대쪽 얼굴은 사색이 됐다. 마지막 승부로 하늘로 휙 던져진 윷이 쫘르륵 소리를 내며 통쾌하게 떨어졌다.

"세 사리요!~"

처음부터 팀 화합이 좋고 응원이 왁자지껄한 팀이 이겼다. 역시 윷놀이는 기싸움인가보다. 윷을 놀 때는 치열했지만 마무리는 노인동과 장애인동이 서로 얼싸안고 즐기는 대동한마당이다. 시상을 앞두고 행운권 추첨을 할 때면 또다시

윷이야~!!

긴장감이 돈다. 경품 자전거에 눈길이 모인다.

"손자 녀석이 자전거 사달라고 조르는데…."

어릴 때만 해도 동네 어른들이 멍석 깔아놓고 윷놀이하는 풍경을 종종 보았다. 식구끼리 둘러앉아 윷놀이하다 세뱃돈을 털려 울먹이면 슬그머니 되돌려주시던 어머니. 이제는 가족 간에 그런 여유가 사라지는 것 같아 아쉽다. 윷판은 인생의 단막극 같다. 지금 좋다고 계속 그 속도로 가는 것도 아니고 형편이 좋지 못하다고 마무리가 좋지 못한 것도 아니다. 희비가 교차하는 것이 마치 우리 살아가는 인생사 공부의 장처럼 느껴진다.

몽골을 달리다

사회복지재단 시설장 연수로 유목과 바람의 땅, 몽골에 왔다. 끝없이 펼쳐진 파란 하늘과 초원은 서로 맞닿아 있어 서로간의 경계와 구분마저 없었다. 그 위로 염소와 블랙야크가 유유히 풀을 뜯는 풍경은 병풍으로 담아 오고 싶은 한 폭의 그림이었다.

먼지를 폴폴 날리며 덜컹대는 길을 달려 조계종사회복지재단에서 운영하고 있는 몽골드림센터를 방문했다. 취약가

정이나 열악한 환경의 아이들에게 학습기회를 주고 지역주민의 자립과 희망을 찾아주기 위해 설립한 해외복지시설이었다. 웅성웅성 손님을 맞이하는 초롱한 눈빛에서 설렘과 호기심이 가득하다. 서툰 우리말로 감사 인사를 하는 아이들과 한국어가 적혀 있는 벽 낙서를 보니 마치 초등학생 시절로 돌아간 것처럼 반갑기 그지없고 마음이 뭉클하다. 준비해 간 선물 꾸러미를 나눠주니 다소곳이 자기 차례를 기다렸다가 과자를 받아들고서 좋아라 하는 모습이 천진불 그대로다.

척박하고 메마른 사막에서 듬성듬성한 풀을 뜯고 있는 말의 거친 말갈기와 모래 바람 속에 말을 몰고 오는 유목민 아이의 눈빛에서 강하고 의연한 생명력이 느껴진다. 춥고 긴 겨울과 짧고 무더운 여름 대륙성 기후 속에서 어느 것 하나 삶의 질서와 순리를 거스르지 않고 자연으로 더불어 살아가고 있었다. 새파란 하늘이 환히 보이는 게르에서 가만히 허공을 올려다보았다. 게르마다 천정이 하늘을 향해 뚫려 있는데 이는 신의 숨결이 통하는 길이라고 한다. 그 모성 같은 숨결을 통해서 신의 가호가 있기를 기원했다.

자정이 깊어지자 드넓은 밤하늘에 보석 같은 별들이 와

르르 쏟아질 듯 빛났다. 내 별은 어디쯤 유영(遊泳)하고 있는지 얼만큼 주위를 밝히고 있는지 가늠해보았다. 아득하기만 하다.

단체여행에서는 시간과 질서를 지키고 여장을 꾸리느라 자신을 챙기기도 바쁘고 고단하다. 하지만 쟁여온 밑반찬을 대중에게 내어놓고 선득한 아침 커피를 챙겨주는 웅숭깊은 배려는 혼자 떠나는 여행에서는 경험하기 힘든 마음 씀의 공부가 된다.

녹음해 온 몽골초원의 바람소리, 웅장한 말굽소리를 다시 들으니 삶에 역동과 생기가 돈다. 메마른 초지(草地)에 펼쳐진 몽골 초원의 기운처럼 박력 있는 빗줄기라도 쏴아 쏟아져 내렸으면 좋겠다.

여든셋 순남 할매

"하이, 관장 스님, 굿모닝 해브 나이스 데이."

영어를 배우니 신식으로 아침 인사를 해야 한다는 순남 할머니의 목소리가 오늘따라 더욱 경쾌하다. 매주 수요일, 당신 키만한 기타 케이스를 오른쪽 어깨에 메고 왼손에 악보를 들고 프로그램실에 들어가는 걸음이 무대에 오르는 오케스트라 단원처럼 위풍당당하다. 익숙한 곡이 복도에 울려 퍼지면 기타연주에 맞춰 나도 따라 불러본다. 어르신들이 처음

기타수업을 시작할 때만 해도 서로 음이 맞지 않아 도통 무슨 곡을 연주하고 계신지 가늠할 수가 없었는데 이제는 지역행사에 초대받고 재능기부활동으로 인기를 누리고 계신다.

내겐 우리 어르신들의 무대가 그 어떤 연주보다 멋있고 감동적이다. 삶의 애환과 인생의 화음이 들어 있기 때문일 것이다. 가만히 눈 감고 어르신들의 연주를 듣고 있노라면 어릴 적 할머니가 아픈 배를 어루만져 주듯 위로가 되는 것 같다.

기타반 수업을 마친 순남 할머니가 물결무늬 원피스를 찰랑거리며 중국어교실로 향한다.

"어르신, 오늘 너무 매력적이신데요. 반할 것 같아요."라고 하자 "아이고 고마워라. 관장님이 칭찬해주니 더 신나네요."라고 하신다. 올해 연세를 여쭤보니 "에이, 팔십셋밖에 안 돼요. 어서 중국어 배워서 중국여행 한번 가려구요." 마치 수학여행 기다리는 아이의 들뜬 눈빛으로 말씀하신다.

"복지관은 나의 두 번째 삶이에요. 이곳에서 인생의 봄날을 맞이하고 있어요."

어려운 시절 못 배운 한(恨)을 평생 갖고 있었는데 이처럼 열정으로 공부하고 익히니 하루하루가 얼마나 행복하겠느냐 웃으시는 순남 할매의 두 뺨이 만추 홍엽에 물든 각시처럼 곱다.

나이 드는 것은 늙어가는 게 아니라 깊어지는 것이라는 노랫말처럼 복지관 업무를 하면서 어르신들의 경험과 포용력을 배우고 삶의 연륜에서 나오는 알맹이 말씀을 듣게 된다. 인생의 봄날이 따로 정해져 있겠는가. 신나고 열정 있고 따사로운 마음으로 산다면 할매가 되어도 나날이 봄날일 듯 싶다.

동방아 질끈 동여매고

연수교육의 일환으로 불교자원봉사를 하려는 스님들이 이따금씩 복지관을 찾아온다. 동안거 방부를 들여놓고 봉사하러 온 선객 스님은 팔을 걷어 부치고 꼬박 1주일을 주방에서 양파를 다듬고 무채를 썰고 식판 나르는 일을 했다. 단연 주방에서 인기가 최고였다.

"스님, 감동이었어요. 해제하면 꼭 다시 오십시오."

함께 일하던 이들이 입을 모아 칭찬하고 다시 만날 것을 간청했다. 오랜만에 흘린 땀이 상쾌하다며 걸망에서 꼬깃한 지폐를 꺼내 후원금으로 기어이 쥐어주고는 길을 떠났다.

또 한 스님은 점심 한 끼 먹으려고 빼곡히 줄 서 있는 노인과 장애인을 보고 신도들이 해주는 공양을 당연한 것인 양 받았는데 세상물정 모르고 살아온 것을 참회한다며 눈시울을 붉혔다. 그리고 돌아가서는 여기저기 화주(化主)해서 쌀이 모여지면 복지관으로 바리바리 보내준다.

불자 인구가 300만 명 감소됐고 종교 인구가 급격히 하락하고 있다는 냉혹한 현실을 간과해서도 안 되겠지만 수치에만 급급하여 자괴감에만 빠져 있어도 아무 소득이 없다. 그들이 다가오지 않는다면 우리가 그들의 삶 속으로 저벅저벅 걸어 들어갈 일이다. 지금부터라도 동방아 자락 질끈 동여매고 삶의 현장으로 뛰어 들어 중생의 아픔과 고통을 함께 경험하고 느껴야 한다.

불교가 개인의 안녕과 평화만을 추구하고 사회의 아픔을 공감하고 손잡아 주지 않는다면 시대에 외면당할 수밖에 없을 것이다. 오히려 다양한 중생들의 군상 속에서 나를 더욱 또렷이 볼 수 있고 활발발한 공부가 되어진다는 사실을

새겨야 할 것이다. 미국에서 현실적인 불교를 일구고 있다는 평가를 받는 글래스만(Bemard Tetsugen Glassman) 선사는 단호한 어조로 말한다.

"정신수행을 통해 얻어지는 통찰력과 마음의 평정을 바탕으로 이웃의 어려운 점을 보지 않으면 안 된다."

선사의 충고가 겨울아침 언 강물 아래 부단히 흐르는 냇물소리처럼 명징하게 들려온다.

누구의 아이가 아닌 세상의 아이

봄나들이 나온 어린이집 아이들이 선생님을 좇아 병아리 걸음으로 행진하는 것을 보고 너도 나도 걸음을 멈추고 함박웃음을 짓는다. 아이들 얼굴을 보니 비로소 봄인 줄을 알겠다. 첫째 아이 육아휴직을 마치고 복귀한 영미 씨는 업무에 대한 애정과 책임감이 그 전보다 깊어 보여 흐뭇하고 미더웠다. 얼마 후 볼그스레한 얼굴로 별안간 둘째가 생겼다는 기별을 전하는 것이다. 축하한다 인사는 하지만 기관을 운영하는 입장에서 대체인력 채용, 업무 재분장 등 오만가지 생각이 들던 찰라, 그녀가 위로하듯 말했다.

"관장님, 이 아이는 저만의 아기가 아닌 세상의 아이입니다. 세상에 빛을 밝혀주는 '세상의 아이'로 잘 키우겠습니다."

나지막한 목소리는 복지관의 입장만 걱정하던 옹졸한 심경에 대한 일갈(一喝)이었다. 물론 직원의 빈자리를 충원하는 것이 예삿일은 아니지만 '세상의 아이'라는 말에 새삼 놓치고 있었던 생명의 존엄성과 공동체적 유대감을 부여받은 듯 감동이 일었다. 그렇다. '영미만의 아이'가 아닌 '세상의 아이'인 것이다. 아이는 어머니에게서만 태어나는 것이 아니라 가족과 우리 사회구성원들의 생각과 배려에서 태어난다. 미래 일류사회를 이끌어 갈 지혜로운 아이, 세계를 무대로 누빌 이 세상의 아이인 것이다. 하나보다는 둘이어서 다행스럽고 고마운 생명이다.

이 아이를 위해 임신한 직원이 건강한 아이를 출산할 수 있도록 정서적 안정감을 주는 일터로 만들고 아이를 낳고 키우는 것에 눈치 보지 않고 당당하게 육아를 할 수 있도록 장려하고 배려하는 것도 우리 모두의 역할이다.

모든 존재는 불성(佛性)이 있으며 인(因)과 연(緣)에 의한 인간존중과 생명중시를 근간으로 하고 있는 불교도 지금 빛을 발해 주어야 하는 시절이다. 조계사에 '미래꽃'이 활짝 피어 있는 불교신문 기사와 사진을 보니 아이들의 왁자지껄한 함성이 남쪽까지 들리는 듯하다.

셋
스님 이야기

가던 길을 멈추고 무심히 하늘을 올려다봅니다.
돌아보면 번다하고 고단했던 나날들,
크게 한 호흡 한 후 동방아를 질끈 조여 매면
저만치 더 넓게 펼쳐진 신작로가 갈 길을 재촉합니다.

서울 택시 기사님

서울에 일이 있어 올라갔다. 이른 아침인데도 지하철역 곳곳엔 선교하는 소리가 요란하게 들렸다. 전철을 여러 번 갈아타고 헤매는 것보다는 택시가 용이할 듯해 승강장으로 향했다. 출근시간과 겹쳐 한참만에 택시가 내 앞에 섰다. 반가운 마음에 "안녕하세요?"라고 인사했지만 기사님은 무뚝뚝한 표정에 응답이 없었다. 나는 머쓱해하며 뒷자리에 앉았고 택시는 이내 출발했다. 잠시 후 횡단보도 신호기에 멈춰 섰을 때 그는 라디오를 켜고 주파수를 이리저리 맞추었다. 감미로운 음악이 흐르는 한 채널에 고정시키고는 다시 운전을 계속했다.

그런데 가만히 들어보니 기독교 방송이었다. 음악 중간 중간 기도하는 멘트가 나오고 찬송가가 연이어 들렸다. '저이는 왜 기독교 방송을 틀어 놓는 걸까? 아마도 교회를 다니는가 보다. 내가 스님이어서 일부러 들으라고 그러는가? 그래서 조금 전 내 인사도 못 들은 척 했던 건가?' 생각이 여기까지 미치자 점점 불편한 마음이 올라오면서 또 한편 정말 그런가 싶어 궁금하기도 했다. 나는 가만히 눈 감고 잠시 호흡에 집중했다. 이럴 때 들숨과 날숨을 '알아차림'하는 몇 분간의 호흡명상은 생각을 멈출 수 있는 훌륭한 도구가 된다.

나는 부드러운 목소리로 말을 붙였다.

"기사님, 교회 다니시나 봐요?" "아뇨 왜요?" "기독교 방송을 틀어놓으셔서요." "아, 이거요. 저는 운전 중 지루하면 여기저기 돌리다가 음악이 괜찮으면 그냥 틀어놓습니다." 그는 백미러를 보면서 계속 말을 이어갔다.

"우리 어머니는 지금도 충청도에 있는 사찰에 다니신답

TAXI
안녕하세요-?
...

니다. 스님이 타니까 반갑네요. 어렸을 적에 어머니 따라 절에 많이 다녔어요. 아, 그때 먹던 절밥은 어찌 그리 맛있었는지 지금도 참 그리워요."

내가 먼저 말을 붙이지 않았으면 어쩔 뻔 했을까 싶을 정도로 그의 얘기는 실타래처럼 줄줄 이어져 나왔다.

이윽고 목적지에 도착했다.

"오늘 스님을 만나서 종일 기분이 좋을 것 같네요. 고향에 계시는 어머니도 생각도 나고요. 차비를 받아서 죄송합니다." 택시는 유유히 사라졌다.

"안전운행하시고 좋은 하루 보내세요."

사실여부를 확인하지 않고 스스로 지어낸 생각만으로 오해하여 단정 지었더라면 차를 타고 내릴 때까지 마음은 불편하고 기분은 유쾌하지 않았을 것이다. 선교활동 장면에서 비롯한 영상은 나의 인사를 받아주지 않는 택시기사에게로 자동 연결되어 하마터면 무례한 오해를 할 뻔했다. 살면서 내 생각만 가지고 곡해(曲解)하는 일들이 얼마나 많은가. 혼자 괜한 번뇌 망상으로 속 끓이지 말고 궁금하면 직접 물어보면서 살아야지.

도반의 꽃내음

출타하고 돌아오는 길 문득 산을 바라보니 진달래와 벚꽃이 봄산에 꽃물을 들이고 있었다. 문득 꽃을 좋아하는 도반이 생각나 기별을 넣고 도착하니 마당 한 켠에 다소곳이 핀 노란 수선화가 나를 먼저 반겨주었다. 법당에는 봄의 왈츠가 은은히 흐르고 있어 내 발걸음마저도 사뿐하다. 단(壇)에 꽂아둔 꽃은 향심(向心)이 느껴져 한눈에 봐도 도반 솜씨임을 알 것 같다. 꽃과 음악이 봄산처럼 조화롭다. 절을 올리

데려가달라구?
부처님전에
가고싶구나!

면서 부처님을 뵈니 음악 감상을 하시는 듯 화사한 웃음에 나도 따라 기분이 좋아진다.

부처님전에 꽃을 꽂을 때가 가장 행복하다는 도반은 계절 꽃을 구해다가 이 꽃은 이렇게 꽂고 저 꽃은 저렇게 꽂으면 예쁘겠다는 짐작으로 꽃꽂이가 저절로 된다고 한다. 조금만 사야지! 마음먹고 꽃시장을 가건만 꽃들이 '저를 데려가 주세요. 부처님 전에 가고 싶어요'라고 속삭이는 것 같아 금세 한 아름이 된단다. 부처님전에 어떤 꽃을 올릴까 고르는 도반의 행복한 얼굴이 눈앞에서 그려진다.

도반은 저녁을 먹고 가라며 쟁여둔 산나물을 꺼내 데쳐 놓고 익숙한 솜씨로 된장을 바글바글 끓여낸다. 쌈을 싸 한 입에 넣으니 봄기운이 온몸 가득 퍼진다. 수선스럽지도 소홀하지도 않으면서 흔연히 맞아주는 도반의 거동을 보면서 〈초발심자경문〉의 '견빈객(見賓客)이어든 수흔연영접(須欣然迎接)' 즉 '객을 대할 때는 모름지기 흔연하게 맞이하라'는 구절이 저절로 생각난다.

오랜만에 도반을 만나니 내 마음에도 봄비가 내린 듯 촉촉해진다. 세월이 가면서 한결 여유로워지고 신심 있게 살아가는 도반을 보는 것도 맑은 행복임을 알겠다.

겨울엔 대웅전 꽃 창살에 드는 햇살로 꽃들을 피워 공양 올리고, 봄이면 향기로운 꽃향기로 부처님께 공양 올리는 도반의 뜨락은 지금 울긋불긋 꽃대궐이다.

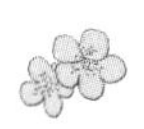

그때는 몰랐던 진실

며칠 전 아침 콕콕 찌르는 편두통이 시작되더니 머리 전체가 지끈지끈 아파왔다. 두피를 지압하고 심호흡을 해봐도 마찬가지였다. 약을 안먹고 참아보려 했지만 통증이 멎지 않아 구급함을 뒤져 두통약을 찾았다. 그런데 마음이 급해선지 손에 힘을 주어 눌러도 밀봉돼 있는 알약이 쉽게 개봉되지 않았다. 성이 난 듯 통증은 더 재촉했고 아무리 애써도 포장이 벗겨지지 않았다. '본드로 붙여놨나? 도대체 약을 어

아고고-
약먹기 차암
힘들다-!!

떻게 먹으라고 이토록 어렵게 만든 거야?' 짜증이 올라왔다. 제풀에 지쳐 결국 포기하고 약창고에 약을 던지듯 다시 집어 넣었다.

며칠 후 '노인학대·자살방지 워크숍'에서 자살방지센터를 운영하는 한 강사님의 이야기를 들었다. 그 자리에서 알약에 얽힌 사연을 듣고서야 이해하게 됐다. 알약을 복용하기 어렵게 만든 이유가 물론 어린이 안전을 위함도 있지만 음독자살을 방지하기 위한 장치라는 것이다. 약을 과다복용하기 어렵게 만듦으로써 순간적인 음독자살을 막는 구실이 된다는 이야기다. 실제로 음독자살을 시도하려고 알약을 까다가 지쳐 포기했다는 웃지 못할 사례를 듣고 고개가 절로 끄덕여졌다. 며칠 전 두통약을 먹으려다 그만 둔 적이 있었으니 말이다. 그 당시엔 환자에 대한 배려가 없다며 제약회사를 원망했는데 이유를 알고서야 이해가 됐고 다행스런 생각도 들었다. 이후부턴 불편하거나 성가신 마음이 일어나지 않았고 아무런 문제가 되지 않았다.

오히려 혹여라도 이 사소한 불편함이 삶을 포기하고자 하는 한 사람의 마음을 돌릴 수 있는 기회가 될 수 있기를 기도했다. 우리는 대부분 그 사람의 깊은 사정을 모르기 때문에 오해도 하고 미워하기도 한다. 하지만 이유와 원인을 알게 되면 이해하고 공감한다.

자살을 생각하는 사람에게는 곁에 또르륵 구르는 낙엽 하나만 있어도 자살하지 않는다고 한다는 말이 있다. 그 차가운 벼랑 끝에서 한번만이라도 따스한 손을 내밀어 주는 이가 있다면 한 걸음 물릴 수 있을 것이다. '오늘 그를 위로하지 않으면 내일 사막이 될 것'이라는 시구가 문득 생각난다. 나는 과연 내 주위의 인연을 토닥거리면서 살아가고 있는가 진중하게 되짚어 본다.

스님의 남자친구

짙은 새벽안개에 도량의 석탑과 은행나무가 바다에 떠있는 섬처럼 아득해 보인다. 안개가 자욱한 것을 보니 오늘 날씨가 맑겠네. 가을볕에 감과 대추도 채반에 널어 말리고 이불도 거풍해야겠다는 생각에 공연히 마음이 분주하다.

어느 날 아침 절 아랫마을 사는 중학생 영준이가 불쑥 찾아왔다. 안개숲을 가르고 온지라 서리가 맺혀 있는 아이의 하얀 눈썹이 마치 삼성각 나한님같다.

스님~♡

"스님, 저 상담 좀 해주세요. 가슴이 터질 것 같아요."

자못 진지하고 절박한 표정이다. 느닷없는 요청에 당황스러웠지만 스스로 걸음 한 그가 기특하고 궁금해 차실(茶室)로 불러 보이차에 꿀을 타 내주고 이야기를 들어보았다. 무뚝뚝한 아버지의 관심과 칭찬을 받고 싶어 열심히 노력해 성적표를 받자마자 집으로 뛰어갔단다. 거실서 신문을 보던 아버지는 냉랭한 목소리로 말했다. "네가 정말 성적이 올랐으면 내 손에 장(醬)을 지진다." 확인은커녕 눈길조차 주지 않고 단정 짓듯 내뱉는 말에 영준은 다시 상처를 입은 거다.

"아빠는 저를 믿어주지를 않아요. 그래도 자식인데."

눈물을 닦아내며 흐느꼈다. 그렇게 그날 오전시간을 영준과 함께 했고 매주 일요일은 기꺼이 시간을 비워 두기로 했다.

어떤 날은 아버지에 대한 분노로, 어떤 날은 자신의 정체성에 대한 고민으로 이야기를 쏟아냈다.

"제가 축구를 얼마나 좋아하는지 뛰는 모습을 아버지가 단 한번만이라도 봐준다면 얼마나 좋을까요…"

영준의 이야기를 들으면서 '그는 지금 자기 나이만큼 충분히 고민하고 아파하고 흔들리면서 예쁘게 피고 있구나' 대견한 생각이 들었다. 가끔 먼발치에서 "스님~" 하고 큰소리로 부르며 손을 훼훼 흔드는 것을 보고 "도대체 누구예요?" 도반이 묻기에 웃으며 대답했다. "내 남자친구요." 영준이와 상담을 하면서 어떤 도움이 되는지 물었다.

"아무도 제 말을 귀담아 들어주는 사람이 없어 좌절했는데 스님이 있어 위로가 되고 자신감이 생겼어요."

상처받은 마음을 치유할 수 있는 좋은 처방은 온 마음을 기울여 들어주고 충분히 공감해주는 일인 것 같다. 나는 사실 특별한 해답을 주는 것 없이 그저 고개 끄덕이며 들어주었을 뿐인데 위로가 됐다는 말이 고마웠다. 누군가를 위해서 벌레 먹은 나뭇잎처럼 가슴이 뻥 뚫린 적이 있었느냐 엄중하게 꾸짖는 어느 시인의 말이 생각난다. 그의 서늘한 경책이 연필칼에 손가락이 베인 듯 싸리한 가을밤이 깊어가고 있다.

부처님과 전화통화

명절 인사차 지인이 찾아와 차(茶)를 마시고 싶다 하였다. 요즘은 모두들 여유롭게 차(茶) 마실 시간도 없는지 승용차로 쓱 들어 와서는 볼일을 보고 바람같이 가버린다. 그래서 가끔 '스님 차 한잔 주세요'라고 청하는 그 소리가 반갑다. 따뜻해진 잔을 받쳐 들며 마시려는 찰라 휴대전화 벨소리가 들려왔다. "스님 죄송해요. 우리집 부처님이 찾으시네요." 조심스레 찻잔을 내려놓고 살짝 돌아앉아 통화를 마치고는 저장되어 있는 이름을 내게 보여주며 해맑게 웃는다. 통화목록에는 '문수', '보현', '우리집 부처님'이라고 적혀 있었다.

"문수보살은 큰아들, 보현보살은 작은아들, 남편은 우리집 부처님이에요."

"우와, 불보살님과 함께 사시네요."

불보살과 이웃사촌이라도 맺은 듯 나도 덩달아 기분이 좋아졌다. 부처님 전화를 받고 문수, 보현보살과 통화하니 어찌 반갑지 않겠는가. 가족 명칭을 그렇게 저장해놓으니 부처님처럼 존중하는 마음이 나고 말투도 조심스러워진다고 했다.

"그럼 남편은 보살님을 어떻게 지칭하나요?"

나의 질문에 "우리 사랑이요." 하며 수줍어한다. 가만 보고 있으니 그녀가 정말 사랑스럽게 느껴졌다.

누군가에게 어떤 이름으로 불리는가에 따라 그 기운과 영향력도 발휘되는 것 같다. 내 휴대전화기에 저장되어 있는 지인의 이름도 언제든지 기도할 수 있는 작은 축원문이다. 건강이 좋지 않은 도반은 '사대강건 ○○스님', 병원에 있는 분은 '즉득쾌차 ○○님', 시험 앞둔 이는 '합격성취 ○○님' 등 이렇게 저장해 놓으니 통화할 때 자연히 축원(祝願)이 된다.

네에
부처님~

연락처에 '너무 이쁜 그녀'라는 명칭이 저장되어 있는데 가만히 되짚어 보니 지난해 이맘때쯤 기부금영수증이 필요하다며 불쑥 찾아왔던 이가 생각났다. 무턱대고 얼마쯤 끊어줄 수 있느냐는 그녀가 무례하게 느껴졌다. 그래 조곤조곤 설명하고 돌려보냈는데 그 후 한두 차례 부탁 전화가 왔었다. 그렇게도 말귀를 못알아 듣나 얄미운 마음이 들어, 휴대전화에 '너무 이쁜 그녀'라 반어법을 썼던 기억이 난다. 하지만 그 후부터 절의 행사나 기도, 복지관 자원봉사까지 줄곧 나오고 있다. 정말 '너무 이쁜 그녀'가 되어가는 것이 아닌가.

차 한잔 하실래요?

봄은 옆구리를 간질거리는 재주도 있나보다. 겨우내 고요한 도반들이 봄산을 보러 가자며 채근한다. 바람결에 살랑거리는 햇살도 따사롭다. 꽃망울이 피지 않은 철쭉군락을 보고 눈앞에 꽃동산이 펼쳐진 듯 감탄사를 연발하였다. 스님들의 찬탄을 들으면 신심 내어 더 찬란한 꽃을 피우지 않겠는가. 내려오는 길에 사찰 표지판이 보였다. 정작 산에선 만나지 못한 매화가 부처님전에 다소곳이 꽂혀 있었다. 참배하고

도량을 거닐고 있으니 종무소 보살이 총총 달려 나와 합장 인사를 하고는 주지 스님은 잠시 출타했다면서 차 한잔 하고 가라며 종무소로 안내했다. 포트에 물을 올려 상큼한 레몬청과 쑥인절미를 내어놓는다. 한입 먹으니 산행의 피로와 요기가 단박에 물러가는 듯하다. 예고 없이 찾아온 객을 접대하는 일이 번거로울 법도 하건만 다과를 내는 공손한 품새에 신심이 담겼다. 궁금해 하는 우리에게 사찰 창건 유래에 대해서도 조근조근 설명해 주었다.

몇몇 절에 가보지만 방문객을 굳이 청하여 차를 대접하는 수고로움을 감당하는 종무원은 극히 드문 현실이다. 그 절 주지 스님과 반연이 없고 공무가 아니면 자기 일 하느라 누구하나 관심 기울이지 않는 절집의 정서가 못내 아쉬울 때가 많다. 살뜰히 챙기는 종무원을 만나니 정갈한 도량만큼 주지 스님의 성품과 도량의 가풍을 알 것 같다.

몸이 고단하거나 바쁠 때 나 자신도 절에 오는 이들에게 선뜻 차 한잔 하고 가라는 말이 인색할 때가 있다. 하지만 그 한마디 인사가 얼마나 사람을 따뜻하게 하는지, 배려와 위로가 되는 말인지 새삼 새겨진다. 차를 마시고 나오니 뜰 앞의

홍매화가 더욱 은은한 향기를 내뿜고 있었다. 깔끔하게 가꾼 도량과 대중의 다정한 심성이 꽃물처럼 배어나오는 듯하다. 양지녘에 봄나물을 뜯는 공양주 보살도 객의 발걸음에 호미질을 멈추고 다소곳이 인사를 하였다. 소쿠리에 담긴 원추리를 보여주며 말한다.

"저녁공양 맛있게 지어 드릴 테니 드시고 가세요."

벌써 조물조물 무쳐낸 봄나물을 맛 본 듯 입안이 싱그럽다. 참으로 눈도 입도 마음도 환희로운 봄날이다.

자분자분 친절하게

소방안전관리 자격시험 공부를 해보기로 마음먹고 패기 있게 도전했다. 적잖은 규모의 복지관을 운영하다 보면 안전 관리에 대한 점검과 훈련도 필요하다. 강사님은 적절한 비유와 예를 들며 재미있게 설명했지만 소방관계 법령과 소방시설 종류, 소화설비, 화기취급 등 생경한 용어와 개념을 들으니 도통 알아들을 수가 없었다.

여기저기서 내쉬는 한숨소리와 '어려워요!'라는 하소연

에 '나만의 일이 아니구나' 안도감이 들었다. 일상용어가 아니고 낯설고 생소한 분야이기에 지레 어렵다는 생각이 드는 것 같다. 어리둥절한 눈빛으로 멍하니 앉아 있는 수강생들에게 어떻게든 이해를 시키고자 하는 강사님의 노력에 진심과 열정이 느껴졌다. 차츰 집중하면서 다양한 실습과 이론을 공부하다 보니 낯설음이 조금씩 익숙해지고 윤곽이 잡혀져 갔다. 아는 만큼 보인다고. 교육받고 보니 비로소 내가 살고 있는 복지관 내의 수신기, 발신기, 스프링클러 같은 소화설비나 방화시설 안전장비들이 제대로 갖추어졌는지 관심이 가고 눈길이 머문다.

일반인 대상 불교대학이나 초발심자경문 강의를 하다보면, '스님, 막상 들을 때는 알겠는데 뒤돌아서면 하나도 모르겠어요'라는 말을 자주 듣는다. 강의가 어려웠나? 제대로 듣지를 않는 건가? 딴에는 온 힘을 다했다는 생각에 서운하기도 하고 지친 마음이 들기도 했었다. 하지만 오늘 낯선 자리에 앉아 생경한 교육을 받아보니 그들의 고충이 십분 이해가고도 남음이 있었다.

가끔 그렇게 철이 드는 때가 있다. 당시에는 최선을 다했노라 여기지만 세월이 흘러 그 자리를 돌아보면 미숙하고 채우지 못한 공백이 말간 항아리처럼 들여다보여 부끄러워지는 때가 있다. 스님네야 삶이고 일상인지라 익숙하지만 처음 접하는 이들에게 불교용어는 생소하고 낯설 것이다.

곧 새학기 불교대학 강의가 시작된다. 무슨 소리인지 모르겠다는 말에 이제는 타박하지 않고 첫 소리와 걸음마를 일러주는 어머니 눈빛처럼 자분자분 친절하게 살펴야겠다 마음먹는다.

마음의 언어

대선후보들 토론을 들어보면 양방 소통이 아니라 일방의 불통을 보고 있는 듯했다. 말 속에 사람이 있고 사상과 생각이 담겨 있건만 대화하자는 의도보다는 '단절'의 느낌이 강하게 든다. 마음과 본질에 귀 기울여 듣기보다는 손가락 끝을 보고 말만을 좇는 것 같아 안타까웠다. 그런 토론의 장은 보는 이도 답답하고 도통 신심이 나지 않는다.

언젠가 어른 스님이 주관한 한 워크숍에 참가한 적이 있다. 그것은 비폭력대화의 장이기도 했는데 참가자들이 형식에 얽매이지 않고 자유롭게 각자의 목소리를 내놓는 자리였다. 의견이 분분하기도 하고 자기 주장만을 펴기도 했다. 좌장 역할의 어른 스님은 거스르지 않으면서도 전체 질서와 대화가 물처럼 흐를 수 있도록 조화롭게 균형을 잡아주었다.

처음에는 침묵하거나 방어적이었던 이들도 조금씩 마음을 열고 대화 속으로 스며들었다. 위엄과 권위만이 아닌 대중과 눈높이를 맞추고 조율해주는 좌장의 역할은 빛나고 감동스러웠다. 마치 큰 나무 그늘이 드리워져 넉넉하게 품어주듯이 말이다.

나 자신도 있는 그대로 보기가 어려운데 상대방을 존재하는 그대로 바라보고 인정해 준다는 것은 쉬운 일이 아니다. 하지만 좌장 스님은 일일이 눈을 맞추고 에너지와 마음이 들어 있는 경청과 공감을 해주었다. 누구든 내 말을 제대로 경청하는지 건성건성 듣는지 알아차릴 수 있듯이 진정성이 담겨 있는 공감은 마음이 먼저 느낄 수 있었다.

나는 그분의 말씀이 하도 아름다워 가만히 공책에 적어보았다.

"그 마음 정말 이해가 됩니다. 정말 그러셨겠습니다. 충분히 알 것 같습니다. 그러시겠네요. 잘 들었습니다. 이제 제 얘기를 해도 되겠습니까? 제가 당신의 말씀을 정리해 볼게요. 귀중한 의견 잘 들었습니다."

상대방을 향한 관심과 배려가 흘러 넘쳤다. 진정한 비폭력대화란 이러한 것이구나. 말 한마디로 내가 상처 준 사람들, 또 내가 받은 상처를 꺼내어 흙을 털어내고 말끔히 씻어 채반에 널어야겠다. 입의 언어보다 마음의 언어에 귀 기울이자. 가끔씩 일상적인 안부가 아니라 마음의 안부를 물어볼 일이다. 말의 향기가 아카시아 꽃처럼 은은히 남도록. 두고두고 생각나도록. 공감과 배려가 더욱 절실한 5월이다.

어머니를 만나다

아직도 진달래가 피어 있더라는 기별에 반가운 마음으로 향적봉을 향했다. 지금을 놓치면 어느 봄을 기약할 것인가. 어릴 적 따먹곤 하던 연분홍 진달래가 외호하는 잎사귀 하나 없이 척박한 바위틈에 저 혼자 피어 있었다.

"봐봐. 기어이 꽃을 피워내잖아. 처한 환경과 기후에 따라 빠르고 더디지만 언젠가는 꽃을 피우잖아."

요즘 공부가 잘 안된다며 힘 빠져 있는 도반에게 격려의 눈빛을 보냈다.

능선의 정취를 보며 한 숨 고르고 있노라니 저기 산모퉁이를 올라오는 모녀가 눈에 들어왔다.

"엄마, 꽃향기 좀 맡아봐요."

중년의 딸이 노모를 꽃 곁으로 이끌었다.

"참 곱기도 하구나."

정겹게 나누는 대화를 듣노라니 불현듯 내 어머니가 생각났다. 막 출가한 시절 정에 끄달리면 안되겠단 생각에 참으로 매몰차게 대했었다. 한참 세월을 지내고 보니 스님네야 말로 얼음장 같은 마음이 아니라 온화한 다정이 있어야 중생을 자비심으로 보듬고 살펴줄 수 있겠구나 하는 생각이 들었다. 봄이 오면 모시고 적멸보궁을 다녀와야지. 당신 살아온 세월을 이야기 듣고 나누고 공감해 드려야지 생각했는데…. 그 일이 가장 시급한 일인 줄 그때는 몰랐다.

주치의의 선고가 내려지고 시계는 더 빨리 내달렸다.

"보살님, 지난해 담근 된장이 짜요. 말린 시래기가 자꾸만 바스러져요…."

알려줄 것 많으니 가지마시라. 그렇게라도 부여잡고 싶

연달래보러
우리 또와요, 엄마
응응♥

은 맘으로 알고 있어도 묻고 몰라서도 물었다. 어머니 음성을 자꾸 듣고 싶어 자꾸 전화를 해댔다.

"아이고 참 스님도 다 아시면서…."

그러고는 웃으며 가만가만 요령을 일러 주셨다. 몇 해가 지났어도 어머니라는 존재는 다겁생을 지키는 산처럼 부르기만 하면 항상 그 자리에 계시는 것만 같다.

"산에서 스님을 만나니 반갑네요. 스님, 이 꽃 이름이 뭐예요?"

현호색을 가리키며 그들이 묻는다. 아이를 돌보던 엄마의 역할이 한바퀴를 돌고 돌아 다시 아이가 되어 있는 백발의 엄마와 딸의 모습이 새잎 돋아난 봄산처럼 다정했다.

"엄마, 진달래 지고서 연이어 피는 연달래 보러 우리 또 와요."

딸이 어머니 귀에 대고 나직이 속삭였다. 그 말에 노모의 볼이 꽃잎처럼 발그스레해진다. 그 웃음에서 어머니의 목소리가 들리는 듯하다. 충만한 푸른 숲에 일렁이는 바람이 참으로 시원하다.

한여름 밤 연극무대

매년 여름이면 열리는 연극제로 내가 살고 있는 소도시는 생기가 넘쳐난다. 연극이나 뮤지컬 한 편 보려면 인근 도회지로 나가야 하는데 지근거리에서 문화생활을 즐길 수 있으니 이보다 좋을 수가 없다. 자연을 배경삼아 펼쳐지는 야외무대인지라 비가 오면 오는 대로 바람 불면 부는 대로 총총한 별빛 아래서 그야말로 생생하고 운치 있는 무대를 경험한다. 막이 오르고 공연이 시작되자 관객들은 숨을 죽이며 무

대로 빠져든다. 악역을 하는 배우를 향해 '에이, 저런 못된 놈이 있나'라며 흥분하는 촌부와 '저거 다 짜고 하는 연극이여'라며 곁에서 훈수를 하는 할아버지의 대화가 정겹다.

연극이 갖는 화두는 사회적 부조리나 고통, 공포에서 위축된 인간을 위로하고 본성과 감성을 회복시키는 위대한 인간해방에 있다는 주장이 참으로 공감이 된다. TV는 화면에서 보여주는 장면만 볼 수 있는 한계가 있지만 연극은 무대 전체를 조망할 수 있을 뿐만 아니라 연기자들의 숨소리, 눈빛, 얼굴 표정, 손짓, 몸짓 하나하나를 공감하고 호흡할 수 있다는 것이 매력이다. 스무 명 넘는 배우들이 혼연일체가 되어 마치 오래전부터 그래왔듯이 무대에서 자신의 삶인 듯 살아가고 있다. 중앙 조명이 환히 비추이는 곳에 서 있는 주연도 무대 귀퉁이 조명이 없는 곳에 앉아 있는 조연도 묵묵히 자신의 역할을 다하고 있다.

객석에서 연극을 보고 있노라니 문득 사바세계라는 무대에서 주인공 역할을 하고 있는 나 자신이 더욱 선명하게 보인다. 우리도 때로 부모나 자식, 형제, 이모, 고모, 선생님, 학생, 친구, 도반 등 다양한 역할을 하며 살아가고 있지 않은가.

오늘 무대 위 그들처럼 목이 쉬고 셔츠가 흠뻑 젖도록 역할에 몰입하여 혼신의 힘을 다하여 살아가고 있는가. 인생의 무대에서 대중의 흐름에 맞추어 내 역할을 잘 소화하고 있는가 자문해본다. 때때로 조명이 비출 때는 적극적이고 열정적으로 살지만 잠시 조명이 꺼지면 나태하거나 태만하지는 않았는가. 격정적인 무대가 끝나고 우렁찬 박수갈채를 받으며 내려가는 그들처럼 나도 당당하게 무대를 내려갈 수 있는가.

"누구한테 뭘 보여주려고 하는 것이 아니라 '살아 있음'에 집중하고 같이 숨을 쉬려고 하는 것이 연극"이라고 말하던 노장 오태석 연출가의 인터뷰가 화두처럼 곱씹어진다.

사막 같은 일상에 감로수처럼 촉촉한 감성이 깨어나고 절박하게 우는 매미소리와 더불어 여름밤은 깊어간다.

가을, 바람나다

아침저녁 서늘한 코끝에 마음이 머물고 몽실한 구름이 피어 있는 새파란 하늘에도 자꾸만 눈길이 간다. 도량에 나부끼는 목련 잎사귀를 보노라니 괜시리 마음이 동(動)하여 어디 바람이라도 쐬고 올까 싶어 달력을 살펴보니 복지관 행사와 사중(寺中)일로 동그라미가 겹겹이다.

지난 봄 신도 거사님이 막 제작한 캠핑카를 몰고서 절에 올라왔다. 평생 일만 해 온 자신을 위한 보상으로 퇴직금

우리스님
가을바람
나셨네~

을 따로 떼어 마련했다며 양쪽 문을 활짝 열고 차량 내부를 구경시켜 주었다. 작은 공간에 취사도구와 냉장고까지 구비되어 생각보다 아늑하고 근사해보였다. 내친 김에 탑승이라도 권할 줄 알았더니 그 길로 지리산으로 신나게 차를 몰고 가서는 얼마 후 벚꽃이 피었다든가, 새벽예불 하고 왔다든가 하는 소식을 간간히 보내 주었다.

그리고 강원도에서 여름 한철을 유목민처럼 지내면서 글도 쓰고 밥도 지어 먹으며 비로소 행복의 의미를 알겠다고 하였다. 운수납자처럼 마음이 내키는 대로 여기저기 머물다 미련 없이 떠나는 그를 보며 무엇에도 얽매임 없이 당당하게 자신의 삶을 즐길 줄 아는 여유로움과 자유가 부럽고 좋아 보였다.

정작 걸림 없이 살고 싶어 삭발염의한 스님네는 오히려 세월이 갈수록 많은 관계와 역할과 반연(攀緣)들로부터 자유롭지 못한 것 같다. 휴가차 다른 곳에 있다가도 갑자기 신도에게 초상이 났다는 기별이 오기라도 하면 그 길로 달려와 시다림 간 적이 한두 번 아니다. "처자식 없는 스님네가 어째 이리 바쁜지 모르겠어요."

나의 푸념에 곁에 있던 신도가 채근한다. “스님, 처자식이 없다니요. 대추처럼 조롱조롱한 저희 신도가 다 스님 자식이지요. 친정 엄마처럼 우리가 의지하고 살아가잖아요.” 한다. 하긴 화엄신장 같은 그들이 있기에 방일하지 않고 함께 기도하고 추스르며 다시 일어서지 않은가.

초하루 기도를 마치고 신도들에게 느닷없이 제안을 했다.

“우리 가까운 곳에 나들이 갈까요?”

신도들은 ‘우리스님 가을바람 나셨다’면서도 좋아라 따라 나선다. 일이 없어 한가한 게 아니라 일 많은 가운데 한가함을 누릴 줄 알고 여럿이 함께 하더라도 고요하고 자유로울 수 있다면 걸림 없는 공부인이 아니겠는가. 소풍 나온 아이처럼 즐거워하는 그들의 천진한 웃음이 가을볕에 무르익고 선선한 바람 한 자락 내 마음결에 들여 놓는다.

머물러 지켜보기

가을들녘을 비추는 햇살이 눈부시다. 오후 한나절 잠깐 머무는 이 햇볕에 벼 낱알도 여물어지고 사과에 단맛도 배이리라. 지역에서 예술제 행사가 열려 걸음을 했다. 넓은 광장에는 많은 단체와 동아리가 참여한 다채로운 공연과 체험의 장이 펼쳐지고 있었다. 수많은 사람들이 시끌벅적 오가는 가운데 어떤 작가의 한갓진 부스에 눈길이 머물렀다. 주위의 번잡함에 동요 없이 붓에 먹물을 적시어 고요히 글을 쓰고 있는

오―!
드디어~!?

모습에서 평화로운 정적이 감돌았다. 〈법구경〉을 쓰기도 하고 즉흥적으로 써 내려가는 그의 필체에선 유연하고 자유로운 느낌이 전해진다. 한 자 한 자 몰입하던 붓을 놓고 화선지에 낙관을 찍으니 글씨가 더욱 멋스럽고 생명력이 넘친다. 곁에서 숨죽여 지켜보던 나도 그제서야 숨을 길게 내 쉬었다.

그런데 기다렸다는 듯이 그가 나에게 정중히 작품을 건네주는 것이다. 귀한 글씨를 어찌 거저 받겠냐며 한사코 거절하고 있는데 그가 말했다.

"글이 완성할 때까지 기다려 주는 사람이 글씨를 받을 자격이 있는 분입니다. 오전 내내 글을 썼지만 열에 아홉은 기다리지 않고 가 버리기에 완성작을 드릴 수가 없었습니다. 제 작품을 스님께 공양 올릴 수 있어 오히려 기쁩니다."

그러면서 덧붙이기를 자신이 가진 재능으로 위로와 힘이 되는 글을 써서 사람들과 나누는 것이 '자기 수행'이자 '즐거운 놀이'라고 하였다. 그것은 다른 이들이 멋진 여행을 가거나 삶을 즐기며 누리는 행복과도 같은 의미라며 미소를 짓는다. 그의 곁에는 문진으로 눌러 놓은 화선지가 차곡히 쌓여 인연을 기다리고 있었다.

사람 책

실로 오랜만에 고등학교 초입에 들어서는 길, 소녀처럼 마음이 설레인다. 교복을 단정하게 입은 남학생이 하얀 입김을 연신 불어가며 정문 앞에 마중 나와 있었다.

총총 걸음으로 따라 들어가니 넓은 강당에는 20여 개의 테이블마다 5~6명 학생들이 '사람 책'을 기다리고 있었다. 달포 전 '사람 책'이 되어 주겠노라 약속을 했던 터였다. 사람은

누구나 한 권의 책이 될 수 있다. 그것은 자신만이 경험한 오롯한 삶이기 때문이다.

호기심 가득한 눈으로 옹기종기 앉아 있는 아이들을 보니 옛 생각에 빙긋 미소가 지어졌다. 타닥타닥 소리를 내는 화롯불을 곁에 두고 할머니는 어린 손녀에게 이야기를 들려주곤 하셨는데 할매의 따스한 이야기를 들으며 까무룩 잠이 들곤 했었다. 잠시 후 아이들과 마주 앉아 나의 책을 펼쳤다. 그들은 사뭇 진지한 눈빛으로 읽어 주었다. 교회를 다니지만 불교에 관심이 많다는 아이, 스님과 한 번도 이야기 나눌 기회가 없어 신청했다는 아이, 스님의 삶과 가치관이 궁금했다는 아이…. 스님인 나를 '대출'해 준 것이 고마워서, 마음을 담아 진솔한 이야기를 전했다.

"처음 삭발할 때 어떤 기분이었어요?"

"왜 굳이 스님을 하셨어요? 그냥 혼자 자유롭게 살면서 불교를 공부해도 되잖아요?"

"지켜야 하는 것들이 많아 힘들지 않으신가요?"

참으로 오래 된 질문이었다.

몸에 배인 익숙함에 젖어 애써 살피지 않았던 질문이었

다. 하지만 근원적이고 본질적인 질문이었고 무뎌진 숫돌을 향하여 날을 세우게 하는 순수의 질문이었다. 그저 대충 책장을 넘기고 있는 것이 아니라 삶속으로 들어와 한 줄 한 줄 밑줄 그으며 사람을 듣고 있는 듯 했다.

두 시간여 사람 책 이야기가 마무리됐고 아이들은 각자 소감을 말했다.

"스님이 되는 것도 괜찮을 것 같아요", "형식적이고 표면적인 이야기가 아니라 마음을 들여다 본 책을 한 권 읽은 느낌이에요", "지금까지 재미로만 책을 선택했는데 이제 어떤 책을 읽어야 하는지 알 것 같다"….

그들의 진지함과 통찰이 대견하고 감동스러웠다. 아이들에게 뭔가를 주려고 갔는데 생각지도 못한 곳에서 삼동결재 공부꺼리를 얻어왔다. 돌아오는 길에 아이들이 던진 '뻔한 질문'이 새삼스럽게 되새겨졌다. 매서운 겨울이 다가오고 있다. 내가 지금 무엇을 하고 있는지 틈새에 바람 들이치지 않도록 재점검하고 매순간 알아차림 해야겠다.

가슴에 꽃물 들이고

봄철 연수차 복지관 직원들과 '낙안읍성'을 다녀왔다. 조선 500년 숨결이 서린 초가에서 금방이라도 밥 짓는 연기가 피어오를 것만 같았다.

실제 주민들이 살고 있어서인지 민속촌과는 다른 온기와 정감이 있었다. 상설체험으로 빨래나 전통혼례, 입관과 가야금 체험 등이 펼쳐져 있었고 마당에는 팽이치기와 투호를 던지는 아이들이 즐겁게 뛰놀고 있었다. 주말무대의 '흥부가'

판소리에 "얼쑤 잘한다" 추임새를 넣는 객석에서도 역동이 느껴졌다.

스마트폰과 소통하는 모습보다 낙안읍성에서는 온몸으로 제기차고 굴렁쇠 돌리는 풍경이 오래전부터 그래왔던 것처럼 익숙하고 자연스러웠다.

무진장의 보배가 있는 우리 불교문화도 빗장을 활짝 열어 누구든 와서 체험할 수 있는 상설공간이 마련되면 좋겠다는 생각이 들었다. 닫혀진 문 앞에서 쭈뼛쭈뼛 서성이다 돌아가는 이들을 보면 아쉬운 마음이 든다. 나름 피치 못할 사정과 어려움이 있겠지만 많은 이들이 찾는 사찰이 중심이 되어 목탁치기, 108배, 사물 체험, 염불 체험, 법복입기나 명상 등 불교문화를 주말체험의 장으로 마련하면 어떨까? 나도 한번 해볼까 하는 마음을 내는 친근한 불교로 자리매김 하는데 많은 도움이 될 것이다.

템플스테이 프로그램도 좋지만 누구든지 절에 와서 문화와 가치를 체험할 수 있는 상설 '야단법석의 장'을 펼쳐놓는 작업은 소통하는 불교로서 또 하나의 의미 있는 시도가 될 것이다.

부처님오신날 우리 절에도 기존의 체험부스보다 더 다양하고 흥미진진한 볼거리, 함께 놀거리를 만들어 다녀가는 이들의 가슴에 꽃물을 들여야겠다.

언젠가는 떠나리

꽃바람 불던 어느 날 도반과 부처님 성지가 있는 북인도로 배낭여행을 갔었다. 지도를 펴 들고 릭샤의 매연이 자욱한 흙먼지 길을 걷노라 몸과 마음이 지쳐갈 무렵 스리랑카 여학생을 만났다. 인도에서 불교를 전공한다는 그녀는 한국 스님을 만나 반갑다며 길을 안내해 주겠다고 자청했다. 인로왕보살을 만난 듯 기뻤다. 1주일동안 얼마간의 사례를 하기로 정하였는데 그녀는 수시로 요구했으며 헤어질 무렵에도

당치도 않는 돈을 내놓으라 윽박지르는 것이었다."

빈대가 기어 다니는 허름한 숙소에서 한 푼이라도 아껴 가며 여행해 온 우리로서는 기가 막히는 노릇이었다. 행선지로 떠날 기차는 당도해 있고 불자(佛子)의 친근한 눈빛이었던 선한 눈을 치켜뜨며 재촉하는 여학생을 상대로 계산을 따질 수도 없어 하릴없이 건네주고는 기차에 올랐다. 하지만 잃은 돈에 대한 아깝고 억울한 마음이 계속 치밀어 올랐다. 몇 시간 동안 불편한 마음을 버리지 못하는데 달리던 기차가 선로에 갑자기 멈춰 섰다. 현지인들이 웅성거려 알아보니 기차에 사람이 치어 숨졌다고 한다. 삶과 죽음이 황망히 눈앞에서 펼쳐진 것을 보고 망자에 대한 애민심과 동시에 살아 숨 쉬고 있는 데 감사와 다행한 생각이 들었다.

사람의 생명 앞에서 그토록 아깝던 돈은 아무것도 아닌 것이 되어버렸다. 불편한 마음을 부여잡고 있노라 드넓은 광야의 풍경과 불타는 저녁노을을 다 놓쳐버린 시간이 부질없었다. 어떤 것이 더 소중한가. 잃은 것을 취할 것인가 현재를 취할 것인가. 기꺼이 당해주고 대범하게 놓아 버리지 못한 것이 못내 부끄러웠다.

하지만 그것이 여행인 것을. 아이처럼 서툴고 낯설어 눈 앞에 두고도 길을 헤매는 것을. 주머니 속 돈도 잃고 바가지도 써가면서 그래도 뭔가를 얻어오는 그것이 여행인 것을…. 삶의 현장에서 터득하는 통찰을 통해 수행자의 본분을 되돌아보며 세간 속에서 불법을 찾는 시간이 운수행각이다. 봄바람이 어쩌자고 내 마음을 간질거린다. 언젠가 떠날 수 있는 행장(行裝)을 꾸려놓고 달래봐야겠다.

Goodbye My Car

살면서 불필요한 시간은 없는 것 같다. 도무지 감당하기 힘든 몸과 마음의 고통도 얼마쯤 시간이 흐르고 뜸이 들면 또 다른 성장의 자양분이 되는 것 같다.

얼마 전 느닷없는 사고를 당해 응급실에 실려 갔었다. 앰뷸런스에 오르기 전 시야에 들어오는 장면은 처참하게 찌그러진 내 차와 주위에 널브러진 부유물과 아스팔트 위 혈흔처럼 흘러내리는 엔진오일이었다. 온몸으로 나를 지켜주느라 제 몸은 저리도 부서졌나보다 생각하니 동기간처럼 마음이 저며 왔다.

차는 폐차 처리된다고 통보해 왔다. 나는 살리고 너는 가는구나. 수십만 킬로의 길 위에서 묵언과 독백을 들어준 어진 동무였는데…. 상처투성이가 된 채 주저앉은 형상이 내 몸의 통증처럼 욱신거렸다.

나고 죽음은 그리 멀리 있는 것이 아니었다. 당장 배낭을 꾸려 여행을 떠날 수 있는 아주 가까운 거리에서 파도처럼 넘실거렸다. 부처님이 사문유관상(四門遊觀相)을 통해 생로병사의 고통을 보고 무상을 느끼신 것처럼 하룻밤 하룻낮 사이에 삶과 죽음의 간극에 서 있었었다.

병상에 누워있으니 마치 높은 고도에서 내려다보이는 풍경처럼 지난 일들이 담담하게 조망되어졌다. 이 사건이 어떤 인연에서 왔는지, 내가 말로써 상처준 이가 없는지, 나에게 상처받은 이는 없는지, 사람과의 관계와 마무리 못한 과제가 바다 위 부표처럼 떠 올라왔다.

생로병사의 법칙이 엄격한 줄은 알지만 나에게는 요원(遙遠)한 듯 오만하였는데 곧 내 일이 되고 만 것이다. 그동안 너무 급하고 부산했던 것은 아닌지 허물이 들여다보였다. 멈추고 쉴 줄 아는 지혜도 부족했다. 인연들을 살뜰하게 챙기지도 못하였다.

한참을 돌아와 일상에 앉아보니 평범하고 소소한 것이 얼마나 큰 행복인가 새삼 느끼게 된다.

김치 한 조각 밥에 얹어 식구들과 함께 먹을 수 있는 일, 내 손으로 내 몸을 씻고 닦을 수 있는 사사로운 일, 평소와 다름없이 출 퇴근을 하고 별다를 것 없는 지루한 일상을 허투루 여길 일이 아니다.

진부한 말일 수도 있지만 지금 여기, 내가 하고 있는, 평범하고 오래되고 익숙한 일이 가장 행복한 일이었다. 내달음치려는 본능을 멈추고 숨 고르고 앉아 스스로를 돌아보는 자성의 시간이 되었다.

"이 세상에서 가장 비싼 침상은 바로 병들어 누워 있는 침상이다. 당신의 차를 운전해 줄 사람을 고용할 수 있고 돈을 벌어줄 사람을 구할 수도 있다. 하지만 당신 대신 아파줄 사람을 구할 수는 없다."

스티븐 잡스의 말에 긴 호흡 들이쉬며 고개를 끄덕인다.

스님의 남자친구

초판 1쇄 인쇄일	2018년 7월 15일
초판 1쇄 발행일	2018년 7월 19일
글	일광스님
일러스트	손정은
발행인	초격스님(남기영)
발행처	대한불교조계종 불교신문사
편집인	성전스님
책임편집	하정은
편집제작	선연
출판등록	2007년 9월 7일(등록 제300-207-133호)
주소	서울시 종로구 우정국로 67 전법회관 5층
전화	02)730-4488
팩스	02)3210-0179
e-mail	ibulgyo@ibulgyo.com

ISBN 979-11-89147-03-7 03810

값 10,000원